人間の生き方、ものの考え方

学生たちへの特別講義

福田恆存

福田逸・国民文化研究会編

文藝春秋

人間の生き方、ものの考え方◎目　次

講義1　悪に耐える思想　9

講義2「近代化」とは何か　69

装丁　大久保明子

人間の生き方、ものの考え方

——学生たちへの特別講義

本書は、国民文化研究会の全国学生青年合宿教室で行われた講義から、「悪に耐える思想」（原題「現代の思想的課題」）、『「近代化」とは何か』（原題『「近代化」の意味とその克服』）、「現代の病根――見えざるタブーについて」、「人間の生き方、ものの考え方」の四篇を収めたものである。この四篇は、受講者が纏めた草稿に福田恆存が加筆訂正を施して、それぞれ同会発行の『新しい学風を興すために』第一集、『日本への回帰』第二集、第一一集、第一六集に掲載された（但し、本書収録にあたって、講演タイトル、小見出しを改めたところもある）。四篇のいずれも単行本や全集類には未収録のものである。本書には、今日では不適切とされる表現があるが、著者が故人であることなどを考慮し、原稿のままとした。

編集部

講義1　悪に耐える思想

日本の思想と西洋の思想

今日の私の話は、「現代の思想的課題」ということでありますが、実は今日私がお話し申し上げようと思うのは、西洋の思想と日本の思想との違いということになろうかと思います。日本が明治以後西洋の思想を受け入れて近代日本というものが生れて今日に至ったわけですが、その近代日本の姿についてお話ししようと思います。

思想的課題と申しますが、当然その前には思想的混乱という事が前提としてあるわけです。今日の思想の混乱のもとは、いうまでもなく明治時代に西洋の思想を受け入れて、その結果として生じたものなのです。この混乱は何としても正さねばなりませんが、そのためには混乱の原因に対するはっきりした自覚がなければなりません。ところで私は、お前の書いたものには解決がないというように人々からよく言われます。「お前の言うことは大体その通りかも知れないけれども、それは診断であって解決にはならない」という風に言われることがよくあるのです。ところが私に言わせれば、解決などという事を考えているからいつになっても混乱が続いていくのです。混乱の姿というものが本当に私たちの目に映っていたなら、解決はそれぞれの人に応じて当然起って来るはずであって、混乱の自覚がないのにいきなり解決の道を説いたり、また解決のために一所懸命努力したところで、ますます混乱を重ねるばかりだと考えます。だから大事なことは解決を急ぐことではなく、混乱している現実を誰でもがその人なりにはっきりと見きわめる事だと思います。従って私は解決を考えたことはない、ただ私は現在の日本が如何に混乱しているかを見ていただきたい、少なくとも私が見た混乱の姿を皆さんに見ていただきたいと思って、ものを書いておりますし、こうして今お話をしているわけです。従って私の話からは絶対に解決法は出てまいりません。しかも現在の日本においてこの解決の道というのはここしばらくは見出せない、少なくとも私たちの目の黒いうちには出て来ないかもしれないというように考えております。それで明日から何か役に立つ知識を私から御期待にならないようにしていただきたいということを最初に申し上げておきます。

言葉は主観的なものである

まず私は言葉の問題から入って参りたいと思います。言葉というとすぐ国語問題かと思われるかも知れませんがそうではありません。もっとも言葉に対する根本の考え方が間違っているからこういう国語改革、国字改革というものが生れてきたわけですから、結局は同じ問題を扱うことになると思いますが、ここでは言葉に対する基本的な考え方についてふれてみたいと思います。

言語道具説ということをよく申します。言葉は道具なのだ、道具だからお互の間に通じなければならない。同時に、通じさえすればどうでもよろしいという考え方です。表音主義者たちははっきり自分でそう申しており、言葉が何か神秘的なもののように考えるのは間違いだと申しています。他方表音主義者に反対の人達は「言語を道具とは何事だ」と申します。ところが私は言語道具説で結構だと思うのです。言葉によってしか、ものを考えられないのだから、言葉は考える道具で差し支えない。問題は道具ということとの解釈の仕方にあるのではないか。私が言葉は道具だという時と、安直にものを考える人がそういう時とでは、同じ道具という言葉は使いますが、その道具ということに対しての考え方が本質的に違うのです。

普通「人間を道具に使うのか」という時、それは何となく生きていないもの、死物という風に考える。あるいは精神ではなく、物質という風に考える。「道具扱いをする」というと軽蔑の意味がある。しかし私は道具というものをそういうようには考えていません。道具というものは物と心が出会う場所であるというように考えています。道具と一口にいうけれども、それは単なる物にすぎないのか、すなわちそれを使う人間から離れて存在し得るものなのか、それとももっと人間に密着したものであるか、そのことをよく考えてみなければならないと思います。このことは職人が如何に道具を大切にするかを見ればよくわかります。これは私の子どもの時の経験ですが、私の家で普請をやって大工が鋸だの鉋だのを持って参りました。職人が食事に行っている時、私はこっそりそれらの道具を使ってみたのです。ところが職人が帰って来るとそれがすぐ見つかってしまいました。自分の手慣れた道具を、素人の子供が使えばどこかに狂いが生じる、それは職人たちが自分でそれを使ってみるとすぐにわかるのです。何も左甚五郎のような名人ではなくても、大工で飯を食っている人間なら必ずわかる筈です。それらの道具は、その機能を最もよく発揮できる状態にあった。しかし素人の私が使ったために狂いが生じたのです。すなわちその鋸がどのように使われれば最も機能的に働くかということは、その持主である大工さんが一番よく知っているし、その大工さんが使うのに一番いい状態にある事が最も機能的であるといえるわけです。ところが私がそれを扱ったために、その最良の状態がこわされてしまったわけです。これは例えば万年筆だとか、何か割合身についた道具を考えていただけばおわかりだと思います。

よく道具というと手足の延長であると言われますが、実を言えば手足もまた道具なのです。その人の生理あるいは心理というものにぴったり密着して機能的に動いている道具なのです。道具というものは決して単なる物質、物ではない。すなわち物ではあっても、必ず主体である私たちの精神とか心とかいうものの癖を受けているものなのです。いかなる物も必ず私たちの心がそこにしのび込んでいる。万年筆の例でもおわかりのように、物というものは必ずそれを使う人の手癖になじんでいる。あらゆる物がその人の生き方を内に含んでいるのです。だから物といって軽蔑するのは間違いなので、道具にしろ物にしろ、それはすべて心を離れては存在しない。心そのものである。あるいは心と物とが、物質と精神とが出会う場所である。道具というものはこのように考えるべきだと思います。

そういう前提で考えて見れば、言語道具説というのは決して悪いことではない。言葉というものは、言葉という客観的な存在と、私たちの心が出会う場所という意味での道具なのであります。しかしわれわれがうっかり、鋸というものが私たちから離れて存在するものであり、Aの大工によっても、Bの大工によっても同じ効果を発揮するものだと考え勝ちであるように、言葉もとかくそれを使う人から離れた客観的な意味をもっていると思い勝ちなのです。しかしこれが大きな間違いであって、マイクロフォンとか、コップとか、それを使う人の個人差が少なく、独立に存在し得る要素の強い言葉もありますが、言葉によってはむしろ主観的な要素を非常に強くもっているのです。

早い話が今の道具という言葉が良い例で、それを死物と解している人もあり、生き物と解している人もあるというわけです。またたとえば身近な例をとって、母親だとかあるいは恋人だとかいう言葉を考えて見ればわかります。一体母親というのは万人にとって共通の存在であるか。たしかに、自分を生んでくれた女という共通な意味はもっております。ところがわれわれは母という言葉を決してそういう動物的な意味で使っているわけではなくて、個人個人によって起る千差万別のイメージをそれにこめて使っているのです。生れた時から母親の顔を見ない人が母という言葉を使う場合と、いつくしみ深い母親に育てられた人が母という言葉を使う場合とでは、その言葉にこめられた内容は全く違って来るわけです、その他、恋だとか愛だとかいう言葉も同様で、それらの言葉を皆一様に使ってはおりますが、その場合使う人によって意味している内容は一人一人違うわけです。それに気がつかないで「愛」という言葉には何か客観的な共通な意味があるものだときめてかかって安心している。ところがしばらくたってその違いがやっとわかってくる。その時になって「あなたは私をだました」というようなことになるのですが、だましたのは実は相手ではなく、「愛」という言葉は共通なものだと思いこんだこちらの錯覚から来ているわけです。このようにみんなが自分が使い易いように、言葉を自分の道具として使っているのです。今述べたように鋸や愛や母親や、その他あらゆる言葉がその人個人の言葉となってしまっている。すなわちそれは国語というよりもその人の個人語なのです。だから同じ言葉を使っておりながら、皆が外国語をしゃべり合っているようなものです。本当の外国語ならわからないからはっきりしてお互に誤解は生じない。ところが何か同じ国語をしゃべっていると、すっかり同じ言葉を使っているように思いこんで、そこに混乱がおこるのです。

それでまず第一に言葉というものは、客観的なものではない、というよりも自分の生命そのものであるということをはっきり腹に入れて貰いたいと思います。

「物」に対する日本人の感覚

大体道具や物を自分から離れた死物として扱うのは、日本人本来の生き方ではないと思います。明治以前の日本人はそういう扱い方はしていなかったのです。私たちは子供の頃修身でよく倹約という美徳を教わりました。進歩的な考え方、ことにマルクス主義的な考え方からすると、倹約を道徳の徳目として教えるのは支配階級が自分の支配に都合のいいように、被支配階級を貧苦の内にとじこめて置く為のものだと言うことになります。しかし私は必ずしもそういうことで片づくとは思いません。そもそも倹約とは物自体を尊ぶという事なのです。例えばよその家で出された食事を残すと「もったいない」と考える。それは第一にその食物に食物としての本来の機能を発揮せしめなかったから「もったいない」のです。第二にその食物を作ってくれた相手の家の人の誠意を十分に受けとめ得なかったという意味で「もったいない」わけです。このようにすべて物質の中に何か心を見て行くというのが日本人の本来の生き方です。そういう点で、一種の美意識というか、文化感覚というか、そういうものが私たちの中に自ずからに備わっていたのです。従って私たちは物を粗末にすることに心の醜さを感じるのです。相手の誠意をふみにじり、また自分が誠意を尽していないということに醜さを感じるという感覚が私達に備わっていたのです。それが明治以来崩れて来たわけですが、それはいうまでもなく西洋文明をとり入れたからに外なりません。

それでは西洋の文明というものは本来そのような、物を物として生かすという感覚がゼロであるかといえば、必ずしもそうではありますまい。西洋人にもそういう感覚はある筈ですが、それはわれわれとは違って西洋風に生きてきた。そういう西洋人の生き方に則って自然科学が発達し、科学文明が生じ、機械が生れたのです。ところがそれが日本に来たとき、われわれはその基である西洋人の「心遣い」を受け取らずに、出来上った「物」の方だけを受け取ったのです。従って西洋の文明がはいってきた時、それは単なる「物」としてしか目に映らなかった。鋸のような非常に直接的な身近な道具ならそれに対しては、これは単なる物ではなく生きているのだという観念があっても、これが西洋の発達した機械になるとそうはいかない。人間から完全に離れたものと思いこんでしまったのです。しかし少し機械というものに身を入れはじめると決してそんな単純なものではないことがわかり始めて来る。機械の中にも心を見るようになるのです。

たとえば飛行機のように文字通り文明の粋を集めて作った物質、機械に対しても愛情が生れてくる。特にそれを扱っているパイロットはその機械に命を賭ける人たちですから、その飛行機の中に心を見出さないではおられないのです。すなわち自分の愛機に対してはほかの人がもっていない深い愛情をもつと同時に、その飛行機の癖というものが自分としっかり結びついてくる、こうしてほかの人ではできない操り方が出来るようになるわけです。

しかし明治の人々が便利な機械を見たとき、それが完全に「物」に見えたのは無理からぬことです。われわれはその時代の人々を責めることは出来ないので、結局はその時代の宿命であったと思うのです。これは目に見える機械や道具だけではありません。政治上の制度でもそうです。民主主義的な議会制度にしろ、官僚組織にしろ、すべてそれは物としか見えなかった。単に西洋文明に追いつき、西洋文明をものにする一つの道具として支配して行けばいいと考えたわけです。同時に、西洋でこれだけの価値を発揮したものならば、日本でも同じ効用を発揮出来るだろうと考えたのは当然であります。しかし、それがやはりそうではなかった。簡単な例をひきますと、電車を輸入することはわけはないのです。しかし交通道徳の方は簡単には行かない。文明の利器を輸入すれば当然そこには人間関係の変化も生じてくる。しかし異った人間関係を輸入する、自分のものにするということは実に難しいことであります。日本は公衆道徳が駄目だとか何とか言う、それは大抵日本人が駄目だという言い方で言われるのですけれども、そうではないので、西洋の機械を輸入したのですから、当然そこには日本人の今までの生き方では処理できない問題がいろいろ出てくるのです。こうしてせっかくはいってきた「物」も、それを支える「心」を伴わないために様々な混乱が生じてきたわけです。

マルキシズムの用語

その混乱の中で一番大きなものは、最初に申しました「言葉」であります、すなわち言葉というものは、みんな客観的な意味をもっていて世界中どこでも共通であると思っている。ところが実際はそうではないということが、西洋から日本に入ってきた色々な言葉について言えると思うのです。例えば「文化」という言葉一つ取っても、西洋と日本とでは違った意味に使っているけれど、それに気付いてはいない。違った意味だということがわかれば混乱は起きません。しかしそういう自覚がないから混乱が起きるのです。「文学」という言葉なども全く同じであります。

今日私たちが使っている言葉はほとんど全部と言っていい程、西洋の言葉から翻訳されて来たものであります。これは驚くべき事であって、私たちの言葉の語彙の中から、西洋から来た言葉を抜いたら一日も暮せない。ことに知識階級はそうです。そうであればやはり日本と西洋の違いというものを十分計算しておかないと混乱が起きるのは当然でありましょう。

今話しかけた例でありますが、文化だとか文学だとか、大衆、民主主義、ヒューマニズムとか、そういう言葉はみんな西洋と日本では違った意味で使われています。しかしそれとは少し異って資本主義、権力、支配階級、侵略主義というような言葉が、特定の立場に立った言葉として独自の働きをもって使われていることにも注意していただきたいと思います。これらの言葉はマルクス主義というものを考えなければ出て来ない。極端な言い方をするとマルクス主義の方言であります。ところがマルクス主義者でない、もっと一般的な人々がそのことには全く無関心にこういう言葉を使っているわけです。マルクス主義者の言葉というのは、プロレタリア革命を起すということを前提として作られた術語であります。従ってその言葉は革命を起すのに都合のいいようにして——「都合のいいように」というのは必ずしも悪い意味ではありません——全部こしらえてあるのです。ところが今日プロレタリア革命を起こそうとしない人までがその言葉を使ったらどういうことになるか、当然妙なことになるのです。たとえば「権力」という言葉があります。この言葉を使う場合、これは打倒すべきもの——不当なことをするはずのものという前提があるわけです。資本主義社会の否定を前提として出て来たマルクス主義ですから当然そうなるのであります。だから政治的支配力を持っているすべての人に対して「権力」というように呼べば、これはその度に「けしからん」と言っているのと同じことになって来るわけです。

言葉というものはその人その人の個人的な、使い易い道具であるということは、その言葉を使う人の感情とか価値観がみんなその言葉の中に含まれているということです。だから「権力」というと、それはただ政治を支配する力だという客観的な意味ではなく、「この力はけしからん」という価値観が完全に含まれてくるのです。

また「侵略主義」という言葉があります。これも主としてマルクス主義を中心として出来た言葉であります。ある学生が私の所に来て、アメリカの侵略主義だとか、帝国主義だとかさんざん喋ったのです。私もその時疲れていたので「侵略主義と君が言っているのを聞いていると、何だか悪いことみたいだね」と言ったら、呆気にとられた顔をして「いいことですか」と言う、「いや、いいことではないけれども、侵略というのは何故悪いの」と聞いたら困った顔をしておりました。侵略というのは果していいのか悪いのかという価値観をよく考えないで、侵略主義などという言葉を使うところに問題があるのです。私は「侵略というのはなぜ悪いのか」とわざと無茶な質問を致しました。もちろん私は、侵略というのはいいのだという結論を出させようと思って言ったわけではなく、侵略というものが何故そのように簡単に悪いと言い切れるか、もし侵略を悪いと言ったならば、他に色々な問題が出て来やしないかということを聞きたかったのです。

侵略というのは国家的エゴイズムでありますが、これを否定したとする。とすれば個人のエゴイズムはどうか、これも否定しなければなるまい。階級のエゴイズムはどうか、これも否定しなければならない。あらゆる侵略というものはエゴイズムで、自分のために他人を犠牲にして行くということですが、これを徹底して考えて行くと大変な事になって、身動きがとれなくなってしまう。虫一つ殺すことができなくなってしまいます。これを一番よく考えたのが仏教です。しかし人々は、虫と人間との間に違いがあるではないか、人間は殺していけないけれども、虫を殺すことは許されるのだ。そんなことまでエゴイズムだと言っていたら、生きることが出来なくなると言います。だがこれは西洋的な考え方で、東洋、あるいは仏教の考え方から言うと、人間も虫も生物という意味でやっぱり同じになるのです。ヒューマニズム――このことについてはあとでふれたいと思いますが――それは本来人間と外の動物とを区別して考えるところから出て来たものですが、これは論理的に何ら根拠がないのです。人間の生命の方が蟻の生命よりも尊いという根拠は全然ないわけで、人間の生命の方が尊いというのは一つの仮説にすぎません。この仮説を抜きにしては「侵略主義は悪だ」という考えは出てまいりません。私はその人がこのような仮説の上に立っていることを自覚して貰いたかったのです。

仮説といえば、国家的侵略はけしからんという結論を導き出す仮説もあり得るならば、それを正しいとする仮説もあり得る。またある時期においてはそれも自然であったという仮説もあり得るし、あらゆる時期において、これが自然であるという仮説もあり得るし、あらゆる時期を通じて、これはけしからんという仮説もあり得る。そういう仮説、前提、価値観というものがあって、そのうちのある一つの価値観をとった場合に、侵略主義という言葉が、悪であるという意味をふくんでくるのであります。

植民地という言葉もそうですし、独立という言葉もそうです。今日私たちは、国家的独立だとか、中立だとか、色々騒いでおりますけれども、みんな前世紀の独立という観念を用いて今日の独立を考えているのです。民族主義という言葉でもそうです、民族主義という言葉の歴史を辿ってみれば、そこには随分違いがある。その違いは全部価値観の相違から来ているわけです。だからナポレオンのナショナリズムはけしからんけれども、ナセルのナショナリズムは認めるという形になって来るのです。それで、極端に考えるならば、時代の価値観の違いで言葉の価値観が違うのだから、それを使う人の個人の生き方によってもその言葉は違って来るということが当然考えられるのであります。例えば一つの仮説に立ってナセルのナショナリズムを認めることが許されるならば、それとは違った生き方を仮説として、ナショナリズムの善悪を決める行き方も当然認められるわけです。どちらだってかまわないではないかということになってくる。そうすると何か非常にニヒリスティックになり、絶望的になって、一体何が真実だかわからない所に一応行きつくわけです。しかしそれが如何に絶望的であろうとも、私はどうしてもそこに行きついたうえでものを考えなければいけないと思うのです。だが人々は皆勝手に、知らないうちにある約束を受け入れて、その通りに言葉を用いて怪しまないのです。現代における混乱のすべての原因はここにあると申せましょう。

西欧と日本

最近起っている問題では、大学の自由、大学管理問題というのがあります。これも実におかしいことだし、先程の問題と深い関連があると思うのです。今日の大学というのは、アメリカの教育制度の六三制を受け入れて出来上ったもので、アメリカの大学と同じものなのです。しかもこの大学を貫いている教育精神を、戦後の進歩派たちは、マルキストとリベラリストとを問わず、「戦前のあり方は間違っていた、この方がいいのだ」ということで受け入れたのです。ところがアメリカの大学制度の根本精神はソーシアル・アダプテーションということであります。すなわち社会に適応することです。ソーシアル・ニーズに応える、社会的要求に応えることがその目的なのです。他方ヨーロッパの大学は、極端に言えば学問のための学問という態度で来た。しかもそれが曲りなりにも日本における戦前の大学のあり方でもあったのです。それに対してアメリカは広大なフロンティアを控えて、この社会的な必要に適応するための大学として出発した。デューイの実用主義的な哲学から出発しているわけです。それはソーシアル・ニーズに応えるというものであって、アカデミック・ニーズに応えるというヨーロッパからもたらされた戦前の大学観、教育観とは明らかに違っているのです。従ってその教育観、大学観を受け入れたならば、学問の自由というのは二のつぎになる。第一はソーシアル・ニーズ、第二にアカデミック・ニーズでなければならぬ筈です。ところがそれに対して大学の自由、アカデミック・ニーズということを主張するのは、否定した筈の戦前の教育思想、教育理念というものをもち出して来ることになるわけです。しかも一方戦後の教育制度、教育理念というものは、ちゃんと別のところでは用いてやっている。その二つのものが全然整理されていないところからいろいろの矛盾が出てくるのです。しかも現在ではヨーロッパでももう学問のための学問、アカデミック・ニーズに応えることから出発した大学でもずいぶん変ってきて、今日ではソーシアル・ニーズとかナショナル・ニーズというような問題が大きく前面に浮かび上って来ているわけです。従って全世界を通じて大学の中にはこの二つの要請による、二つの機能が生じて来ています。こういうことを無視して、ただ「大学の自由」を叫び、言葉を弄んでいては問題は決して解決出来ないだろうと思います。これなどは一つの問題を論じてゆくときその前提となっているものを無視したために起る混乱の典型的なものだと言えましょう。

もう一つ先程一寸ふれました「文化」という言葉について申し上げましょう。この文化という言葉について私は前にも書いたことがありますが、文化は英語で言えばカルチュアです。だが逆に、カルチュアは日本語で何と訳すかと言えば、「文化」と答える人もあるだろうし、「教養」と答える人もいるでしょう。カルチュアにはこのように二つの意味がある。それでは私たちはこのカルチュアという言葉にふくまれている「文化」と「教養」という二つのものをどのように使いわけているかと申しますと、大体「教養」という場合には個人に属するものとして使っている。「あの人は教養がある人だ」「教養のない人だ」とはいうけれども、「あの人は文化のない人だ」とはいわないのです。教養というのは個人の身に備わったもの、文化というのはある時代だとか国家だとかいうものの、身についた生き方を称しているわけなのです。このように外国語ではカルチュアという一語で言い現わせるものが、日本語では文化と教養という言葉に二分しているわけです。従って私たちが文化という言葉で喋っているときには、教養という要素が一つもはいって来ない。私はここに問題があると思うのです。西洋人が「あの国のカルチュア」と言っている時には個人の教養ということと同じ言葉を使っているのですから、教養という意味が「カルチュア」という言葉の周辺には常にまつわりついているわけです。それから教養と使った時にも、それが拡って行けば文化ということになる、そういう含みをもって使っているわけです。それが日本の場合には、文化といったら、そこには個人というものが全然入って来ないという弱点をもっております。ですから「文化国家」とか「西洋文化」とかさかんに文化、文化と言いながら、個人には一つも教養のない人間が出て来る。

教養というのは教育とは全然違うので、教育は知識を与えるものですが、教養というのは、その人の身についた生き方なのです。これも一度書いたことがございますが、秋口のこと、ある田舎の電車の中で、たまたま隣に座った老婆から言われた言葉から、ふとそのことを思い出したことがあります。その電車は座席が進行方向に向って相対して平行についておりましたが、隣の老婆が窓を開ける前に「この窓を開けていいか」と私に聞いたのです。方言であったので初めはよくわからなくて、二三度聞き返しましたが、要するに「窓を開けたらあなたの迷惑になるか」と言っているのです。そのお婆さんというのは決して学校教育を受けた人とは思えないのです。小学校もろくに出たか出ないかわからないようなお婆さんなのです。私は大磯に住んでいて、湘南電車で時々出かけるのですが、私にそういう言葉をかけた人には一度も出会ったことがない。ところがこの湘南電車で東京へ通っている人たちは大部分インテリであります。その時私は学校教育と教養は違うということを改めて強く感じました。そのお婆さんの言葉は、普段の細かい家庭の躾《しつけ》の中で身につけたものでしょう。しかしまさか電車の中で窓を開ける時の挨拶の仕方までは教わらなかったと思うのです。教わってはいないが、しかし、自分が行動を起すときに、絶えずそれが他人の迷惑になるかならないかということを考える躾は、その人の心の中にしみ込んでいたにちがいない。私は先程、交通機関は簡単に西洋のものを輸入することが出来るが、交通道徳は輸入できないと申しましたが、もし本当に文化というもの、教養というものが身についていたら、新しい文明の利器が入って来ても、それにすぐ即応することが出来る、ということなのです。西洋で私は何度も「窓を開けてもよろしいか」という事を聞かれたのです。そういう教育を全然うけていない、いわゆる封建的なしつけに育てられたお婆さんがそれを口にすることが出来て、近代的な西洋の教育を受けたわれわれが口にすることが出来ないという事実に思い至った時、大げさに言えば愕然とせざるを得ない。教養とか文化とかいうものは一体何か。このお婆さんの方がわれわれよりよほど文化人ではないかということになります。しかしながら私どもの間では決して文化という言葉がそういう含みで使われてはいないのです。文化というと何となくフワフワしたもの、ハイカラなもの、西洋的なものということになっております。極端に言えば「文化だわし」とか「文化七輪」とかいう程度にしか使われていない。「西洋の文化」とか「平安朝の文化」とかいう時も、実際は同じように使っているのです。要するに何か自分とは離れたもの、高級で便利なものという風に使っています。

従って文化というものを具体的な物として受け取っているのではなく観念的な価値として受け取っているわけです。それは西洋のものに限らず、「平安朝の文化」という場合でも、要するに自分とは縁のない、一つの過去の時代の集積、あるいは成果として使っているのです。すなわち自分と関係のない離れたものとして使っているのです。

T・S・エリオットが「文化というのは生き方である」と申しましたが、大抵の場合そういう意味では使っていないのです。なにか高級なもの、便利なもので、そして自分から離れたものとして使っているので、日常の私たちの生き方としては使われていないのです。もし生き方として文化というものを考えるならカルチュアを教養と訳す場合の、教養という意味もちゃんと通じて来るわけです。

もう一つヒューマニズムということについてお話ししておきたいと思います。ヒューマニズムと言っても現代の日本では人情という位の意味にしか使われていない。せいぜい人道主義という程度にしか使われていませんが、元来ヒューマニズムというのは人道主義とは何の関係もない、というと言いすぎかもわかりませんが、ともかくそれとはおよそ異ったものなのです。ヒューマニズムというのは、ギリシャ・ローマの豊かな文化の再発見（ルネサンス）としての人文主義から出発している言葉です。従ってこれは人間主義と訳してもいいのですが、これはその前の中世の神中心の生き方というものに対して出てきたものなのです。しかもそれは神を中心とした中世の生き方に反逆して、人間を中心として生きる生き方を定めようとしたのではなく、いつの間にかルネサンス人のうちに、いままでとは違った生き方が出てきて、人間という観念が次第に形作られてきたとき、中世をふり返って「ああ今までは神中心の生き方だったのだ」ということになったし、それに対して自分達の生き方が以前とは異ったものとして自覚されてきたのです。その生き方を後世がヒューマニズムと名付けたまでです。従ってそういうヒューマニズム――人間中心主義というものをルネサンス人がもっていて、それで神中心の中世に反抗したという考え方は明らかに誤りです。ともかくヒューマニズムという言葉一つをとりあげても実に数多くの問題が出てくると思います。それを現代の日本では実に安易に、人道主義というような誤った意味に使っているので、そこに様々の混乱が生れてくるのだと思います。

言葉と生き方との分裂

西洋文化が輸入されて如何に言葉が混乱してきたか、ほぼおわかりのことと思いますが、今度はもう一つ角度を変えてお話ししてみたいと思います。

私たちの家庭で父親や母親が話している言葉、私たちがそれを聞いて育ってきた言葉は、本来の日本の生き方に根ざした、身についた言葉です。ところがそれ以外の言葉は子供のとき全然聞いたこともない、それが教育を受ける年代になって急に入ってくるのです。学校から家に帰るともう家庭ではそのような言葉では口が利けないという状況です。学校では友達とマルクスだとかニイチェだとか話しているわけですが、そんなことは家庭では一切通用しない。芋が煮えたか煮えないかという話しか通じません。しかし親と通じない言葉を使っていて、それが一体どうして身につくかという事を考えざるを得ないのです。もし自分が本当に民主主義という言葉を理解したならば、芋の煮えることにしか関心のないお婆さんにこれが話せないわけはない。途中でいきなり会った人は別として、毎日一しょに暮しているお婆さんにそれが話せないわけはないのです。ところがそれがなかなか大変なことなのです。必ずしも筋道をつけて話さなくても、身につけた民主主義的な生き方というものであれば、お茶をのみながら話をしている中にでも、お婆さんに伝わらぬわけはないのですが、これが実に大変なことなのです。大変なことだというよりも、今日のインテリは、そういうことをしなければならないのだと考えることさえしないのです。お婆さんというものは古いものだ、どうせ死ぬものだ――どうせ死ぬものと言えば自分もどうせ死ぬものなのですがそこまでは思い至らない――というような態度で生きてきた。もうわからないのだ、だから早く死んで自分たちの世界になればいい、自分の言葉だけが通じる世界が早く来ればいいと思って生きて来たのです。だがそういう生き方では絶対に駄目なのです。大学教育をいくら盛んにしようと、高校に全員入学しようと、日本人の生き方というものはそう簡単に変わるものではありません。そんなことよりそういう生き方と言葉との間の溝というもの、これを埋めることを考えねばならぬので、今日私たちに課せられている生き方、あるいは思想というものの課題はそういう事であろうと思うのです。

あらゆる思想は悪をもっている

現代は世の中がめまぐるしく変っていく、ことに日本のように急に近代化を取り入れてきますと、いろいろな分野でそれに対処する思想が生れてくるわけです。しかしそれらは皆それぞれの分野に寸断されたまま放置されていて、それら近代文明を全体としてどう動かすかという根本的思想、哲学というものは、明治以後今日まで一つも出来上ってはいません。いないというだけではなく、それが必要だという考えすら、いままでにほとんど出ていなかったといっても過言ではないでしょう。そのような問題について二、三申し上げてみたいと思います。

私は大化の改新以後の有間皇子の乱というのを芝居に仕組んだことがありますが、その頃その時代のいろいろな思想を少し考えて見たのです。その時感じたことですが、大化の改新当時に日本がぶつかった問題というのは、明治あるいは戦後の今日の問題に非常によく似ているのです。そう考えながら当時の歴史を見ていくと、藤原鎌足という人間に非常に興味をおぼえました。鎌足は御承知のように神祇官の家柄に生れ、日本の自然宗教、神ながらの道を奉じ、当時の天皇家の祭祀を司っていたわけです。ですから日本固有の思想というものを中心に生きてきた人物であるといえましょう。ところがこの鎌足は当時の内外から迫ってきた危機に対して、一所懸命に儒教を勉強していたのです。それは何故だろうかと私は考えました。私は当時の神ながらの道というのは非常に立派な生き方であると思うのです。しかしながらそれは己れを虚しうして自然の心を心として生きる生き方ですから、根本において間違いはなくても、それだけでは当時の混乱した状態を切りぬけることができなくなって来たということを、恐らく鎌足は自覚したに違いないのです。当時の異常な混乱を正すためにはやはり人も殺さねばならない。蘇我一族も亡ぼさねばならない。これは悪であります。この悪に耐える思想というものが鎌足に必要であったわけです。しかしそういう思想は従来の日本の生き方の中からは生れてこない。従って鎌足はそういうものを求めて、儒教というものに縋った。すなわち当時の危機を打開するものとして鎌足は儒教を求めていったと思うのです。従って神祇伯の家柄に生れながら外国の文化、思想に対して非常に寛容な態度をもって臨んだのです。

悪に耐える思想と申しましたが、思想というものはみんなそういうものだと思います。秩序を守るために、あるいは全体感覚をわれわれのうちに植えつけるために、当然犯さなければならない悪というものがある。それに耐えてゆく、それが思想というものだと思います。政治というものはなんらかの意味で悪を犯さなければ成り立たない。ある時は嘘もつかなければ成り立たないのです。政治にかぎらずあらゆる思想というものはみんな悪を持っています。キリスト教すらそれを免れない。どんな思想でも必ず悪をもっている。思想において大義名分というものが必要になってくるのも、そのような悪を行わなければならないからなのです。思想というもの、一つの生き方というものはそういうものであろうかと思います。

明治以後の日本はそのような一つの生き方をもたなければならないのです。過去の封建時代に対して日本の近代はそれをもたなければならない、さらに又西洋に対しても日本はそれをもたなければならないのです。即ちわれわれはこの二重の要求の中に立っているわけです。しかも近代の西洋は、西洋そのものとは違うのですから、結局西洋に対して日本はその生き方をきめねばならないと同時に、西洋の近代に対してもなんとかしなければならないのです。そこに近代を動かしてゆく根本思想、哲学が生れてこなければなりません。

「現実」の意味

近代の物質文明の生き方というものは、いいか悪いかは別問題として、これが今日最も力を得ていて、それに反抗する人すら皆それにひっかかっている。そういう時代に、やはり私たちは本当の意味で日本人の生き方、古代の日本人の生き方はどうであったか、それが今の私たちの中にどう生きているかを考えねばなりません。今日の私たちの生き方、西洋の近代を受け入れている私たちの無理な姿勢を正しく見きわめて、何とかして近代文明に対応し得る思想を作り上げねばならないと思います。しかし思想を作りあげるということは容易ではないので、天才の出現を待たなければ駄目です。しかし天才が出てくるためには大ぜいの人の無言の努力がなければなりません。この大ぜいの人の無言の努力というのは、西洋と日本の出会いによって生じた、そしてそれが「言葉」に最も端的に現われているところの混乱を本当に自覚すること、すなわち現実をよく見ることなのです。

しかし現実という言葉を一つとってみても、実に目茶々々に使われているのです。大抵現実というと自分を含めないで言っている。現実に対処すると私たちはよく言いますが、その場合現実に対処する自分、現実と戦っている自分、これは一体現実なのかどうか、という問題が起きるわけです。勿論これは明らかに現実であります。さらに私たちの父や母は無学で無教育で、封建時代の中に生きていて、いまはやりの言葉を使えば、前近代的なものを身につけて生きている。この人間、これが現実の中にふくまれるかというと、今の社会科学者にはどうもはっきりしていないのです。この人間、その人たちと私たちは一緒にいまの日本の現実に生きている。しかし現代日本の色々な混乱を正して行こうとする時、一般の人々はともすればこの父や母も私たちの同伴者であることを忘れているのではないか。一つの現実を改革しようとする時、おやじおふくろの気に入るように直そうとは絶対にしない。気に入るように直そうとしないのは勿論、どう考えているかを勘定に入れることさえ全然しないのです。ところがその人たちが大てい四十になり五十になると、おやじと同じようなものがおれたちの中にあるという事に気づく。私自身の経験から言っても、私が二十代で親に反抗し、おやじのうちに見ていた不愉快なものが、いまの年になるとチャンと自分のうちにあることがわかって来る。これは個人的な性格ばかりではありません。社会に対する生き方なども、おやじと同じものが自分の中にあることがわかってきます。

ところが現代の人々の生き方の中には私たちのおやじの生き方に限らず、歴史というもの、すなわち私たちの先祖が生きて来た生き方が現実の中に入っていないのです、私はこのことが実におかしいと思うのです、日本人が過去に生きて来た生き方というものは、やはり今存在し、目に見えている現実と同じ現実であります。形として自分の目に映らないものはもう存在しないと思っている。これは近代主義者のよくいう現実密着の日本人の悪い癖です。しかし、目に見えないものでも生きているのだという事がわからなければ困るのです。こうして現代の人には歴史というものが見えなくなって来ているのです。私たちの目の前にある現実の、本当の力が見えなくなって来ている。これが私たち現代人の弱点ではないかと思います。

知性の限界と感情

大体、ものごとをただ理性だけで、それも浅薄な理性だけで判断しているからそういう事になって来る。何か言うと「お前のは感情論だよ」という。感情論というとまるで悪いことでであるように言う。しかしその人が理性の人であるならば、感情というものはどうして悪いのかということを、それこそ理性的に証明して貰いたい。感情というものでは生きて行けない、感情を抑えなければならない理由をまず言っていただきたいのですが、それは無視して、「感情論だ」という一つの言葉を感情的に言い出すわけです。

感情というものは人間にとって非常に大事であります。私たちの生活のうちおそらく八〇パーセントは感情で生きているので、あとの二〇パーセントが知性、それもなけなしの知性で生きているのです。それなのに、その知性の判断でなければ言うことを聞かないという。これほど愚劣な、いや、非理性的なことはない。何故そういうことになるかと言えば、自分たちの感情を軽蔑しているからです。自分たちの感情を信じて、その上に生きておれば、自分たちの知性がなけなしの知性だということは、はっきりわかりますし、その知性の限界というものもわかるわけであります。もちろんそのことは決して感情通りに振舞ってもいいということではなく、理性と感情の間に、お互に協定を結ばなければならないということなのです。感情というものはくだらないもの、それは無視出来るものというふうに考えることがいけないのです。そのような判断を下す理性というものは、実は非常にひ弱な理性なのです。だから感情というものをもっと尊重しろというのは、もっと理性的に強くなれと言うことだと言えましょう。少しでも理性的に考えるようにすれば、自分たちがいかに感情の中に生きているかということもわかってくると思うのです。

まだ言い足りないことがずいぶんあります。むしろ言い足りないことのほうが多いのですが、時間もまいりましたし、あとで質疑応答の時間もございますので、一応私の話はこれで終ることにいたします。

〈学生との対話〉

悪について

学生A　戦争中多くの人を殺して、それを手柄話として故郷に帰って話す人がいるのですが、このような人にとって、人を殺したことは悪であるかどうか、すなわち人を殺すことが善か悪かについてはその場合々々においていろいろ評価されるものかどうかについてお尋ねします。

福田　戦争で人を殺す、あるいは革命で人を殺す――そういうものは悪ではないという立場に立つ思想があるわけです。それはなぜかといえば、国家が危機にさらされる時に同胞を守る、同胞が一〇〇人殺されるのを、むこうの人間を一〇人殺すことによって防ぐのだという大義名分があるわけです。革命の場合もそうなので、大衆や階級のためにその邪魔になる少数者を殺すことが正当視されるわけです。ここではっきりしていることは人間のいのちというものがすべて数に還元されるということです。一〇人殺しても一〇〇人のためになるのであればいい、あるいはいまの人間を殺しても将来の子孫のためになるのであればいいという考えがそこにあるわけです。

しかしながら他方私たちのうちには、たとえどういう理由があっても、人を殺すことは悪いことだという考えがあります。これは道徳律というような、外から与えられたものというよりも、教えられなくても私たちのうちにある一種の本能なのです。ところが一方ではある瞬間において人を殺したいという本能も存在するのです。だがともかくも最高の道徳は、たとえいかなる理由によっても人を殺してはならぬということです。その道徳の前には戦争も国家悪も、組織悪もあらゆる悪がすべて許されないわけです。

だがここで申し上げたいことはそういうことを言う権利が一体誰にあるかということです。われわれはみんなそれほどまでに厳しい道徳律によって生きているかどうか、たしかに人を殺すという例をとればそれが悪だということは割合簡単に言えましょう。ところが一人の人間が生きていることは必ず誰かの犠牲の上に立っている、これは仏教などでも必ず取り扱う問題ですが、人間は生きることによって常に他の動物や生物を犠牲にしているわけです。だから窮極においてエゴイズムの問題になるし、このエゴイズムというものを徹底的に否定するという思想――私はそれこそ本当の意味での宗教だと思いますが――が根本になければ国家悪などという悪を糺弾できないわけです。しかも宗教の根本にはただ自分勝手な振舞いを否定するだけではなく、人間存在そのものが悪であるという考えがあるのです。この問題を通らないではわれわれは悪の問題を取り扱うことは出来ません。

だから私は、よく国家悪や組織悪などについて反対する運動を見ていていつも思うのは、われわれにそれをいうだけの人間が出来ているかということです。どこにだってそんな人間がいる筈がない、しかしそれにも拘らず戦うという自覚、そういう自覚があればいいのです。そうであればいいのだが、大ていの場合は自分は善であって、自分はとても人殺しなんかしないというような顔をしている、そういうことが、私にとっては実に不愉快だし、そこにはなにかとんでもない間違いがあると思うのです。そうでないためにはいま言ったようにつねに絶対的な悪、人間は悪なしでは生きられないという問題をいつも見つめている必要があると思うのです。

過去とのつきあい

学生B　先生は最後のところで、日本独自の思想というものを作り上げていくべきだとおっしゃいました。私もそのとおりだと思うのです。すなわち戦後の日本の思想的混乱の一つの大きな原因は、戦前における、歴史を非常に重要視してきた考え方が根本的に変ってきたところにあると思うのです。それで今後の日本思想については、新しいものを作ってゆくのか、あるいはその中に日本の歴史をどのように取り入れてゆくのか、そのような問題について御伺いしたいと思います。

福田　いまのあなたは戦前は歴史を重要視してきて、それがひっくりかえったので混乱がおきたとおっしゃったのですが、失礼だが私はそうは思いません。実は戦前に歴史というものをそんなに重要視していたのではなかった、ほんとうに歴史というものを深く考え、歴史につき合って学問をしたり、生きたりしたことはなかったのだと思います。そのような正しい歴史とのつき合いが行われていたのは明治までだったわけです。では明治以後はなににつき合ったかというと、西洋の文明開化につき合ったので、文明開化に都合の悪い歴史というものは、日本ではみんなご破算にして来たのです。もちろんその間に国家主義的な一つの生き方はありましたが、この国家主義というのも実は西洋流の生き方なのです。すなわちあくまで西洋の先進国に追いつこうとする富国強兵策なのです。そういう観点から都合のいいように歴史を整えようとしたのです。こうして日本を近代国家として作り上げるのに都合のいいナショナル・ニーズに応えた歴史教育が行われて来た。

戦後今度は逆にそれを否定しましたけれども、私は同じことをやっていると思うのです。ナショナル・ニーズが、ソーシアル・ニーズという言葉に置きかえられただけのことで、ほんとうに歴史とか過去とかいうものをまともに取り扱おうとはしない。やっぱり現在の必要から捌《さば》いている。

私は現在の必要があって過去を振りかえるのではなく、過去とまじめにつき合うことによってそこから現在の要求が出て来る、それがほんとうの意味の現在の要求だと思うのです。たとえば一つの家の中でいえば子供に欲望があってこれをじゃましているのが親だ、だから親を裁くのだというのではなく、親とまともにつき合っていて、それでなおかつ自分のうちにある欲望、それが本当の欲望だと思うのです。それと同じように歴史を虚心に見てゆく、善悪をぬきにして、私たちの祖先がどういうことを考えたかを見てゆく、すなわち過去の人と一緒に生きてみることが大切なのです。その中から本当の現在の要求が出てくるわけです。だが戦前戦後を通してこういう歴史とのつき合いは行われていないのです。

私が日本独自の思想という場合でも、なにも神がかり式に言っているのではありません。日本は明治以後古今未曾有の経験をしたのです。が、そこには大きな無理があった、その無理を調整するのが日本独自の思想であるというように考えます。それは他国におしつけるような性質のものではない、日本だけに通用する、日本人を生かす道でなければなりません。しかし明治以後日本が苦しんできたものは、多かれ少なかれ西洋自身の問題でもあるわけですから、そこに生れてくる日本独自の思想というものは結果としては世界のためにもなると思います。すなわち、西洋でも近代というものの弱点がだんだん暴露して、化けの皮を現わしはじめてきた、文明開化一点張りで来たのに対して、人間の精神が追いつけなくなってきたのです。それは日本の近代が明治以後苦しんできたものなので、むしろこちらの方が一足お先に被害を蒙っているのです。原爆を受けた以上に——原爆を受けたことは大したことではないので、その前に日本は西洋文明という原爆をうけてその中で苦しみながら今日ここまで至っているのです。従ってその中から生み出される思想は結果として西洋に影響を与えることが出来ると思います。しかしそれが目的ではないので、あくまでも日本がどう生きていけばいいのか、それに真剣にとりくまなければいけないし、そこに必ずや何ものかが生れてくる筈だ、私はそれを日本独自の思想と申上げたまでです。

言葉について

学生C　言葉は個人個人によって違うので、主観的なものだとおっしゃいましたが、その点もう少し詳しく説明していただきたいと思います。

福田　私は言葉というものは客観性がないと言いました。ただ自然科学に限らず、社会科学でも科学というものは客観性がないと困るのです。そのために人々は人為的に客観的な言葉、術語、専門語を作るわけです。それが社会科学の術語です。民主主義という言葉でもそうです。しかしそうして作られた言葉にももう違いが出てくる。

マックス・ウエーバーは社会科学の言葉というのは理想型だと言っております。民主主義というときには、あるところにはそれが非常に濃い濃度をもって存在する、あるところには薄くしかない、そういうようなものから、言葉のユートピアを作って、それを民主主義と名付けるのだ、それが社会科学の用語だというわけです。たとえば民主主義といってもギリシャ時代に奴隷制度と共存した民主主義というものがある。アメリカの民主主義と、日本の民主主義とは違うけれども両方とも民主主義と呼ぶのです。そういうふうに内容のちがいはあるけれども、やはりそれに共通した概念がわれわれの頭にある。だからそれによって言葉に客観性ができて、社会科学が成立するというわけです。

これは大体社会科学者を承服させているようですが、私に言わせればずい分苦しい弁解だと思うのです。そうでも言わなければ社会科学というのは成り立たないだろうというように思うのです。

しかしそれはそれとして一応認めましょう。だがその場合にはぜひとも扱う領域を一定しておかなければなりません。その外へちょっとでも出たら困るのです。ちょっとでも出たらということは、たとえば経済学の用語を文学に適用するというようなことではありません。それがいけないことはわかり切ったことです。そうではなく一つの言葉、それが経済学の用語であれば、それが生れてきたのはその当時の経済的現実を根拠にしているわけですが、その根拠になった経済的現実が変化してしまっているのに、その用語を不用意に使ってはいけないということなのです。例えば資本という言葉はマルクスの当時の経済情勢から分析して、便利な術語として作られるわけですが、その時代の資本主義と現在の資本主義とがはたして同じかどうか、若《も》し違うとすればそれと同じ資本主義という言葉で呼んでいいかどうかという問題が出てくるわけです。

社会科学の中でも経済学というのは物質を扱うから割合に共通に使えます。しかしこの場合でも経済というのはお金やお札がただ一人歩きで動いているのではない、人間が使っているのです。そうすれば人間の信用とか欲望とかその他色々なもの——精神的、心理的なものがからんでくるわけです。たとえば同じ五〇円という場合でも人によって価値観が違ってくる。自然科学のようにキチッと五〇CCなら五〇CCというわけにはいかない。だから簡単に経済学とはいうけれども、科学として非常に成り立ちにくい要素をふくんでいると思います。

言葉というのはたとえ社会科学の中でもこのようにあいまいに使われていて個人差がずいぶんあるのですが、仕方がないからそれを切り捨てて使うことにしているのです。それは或る程度やむを得ないかもしれない、しかし切り捨てているという自覚があるうちはいいけれども、その自覚が失われればそこにひどい混乱が起るのだと思います。すなわち社会科学の用語は客観的であり、その扱っている対象が、まるで自然科学の物質を扱っているようにすっかり固定したものと考えるところに間違いがおきるのです。そうではなく自分が扱っているのは個人差を切り捨てた一つの「仮説」であるという自覚をもっていれば、もっと科学的に客観性が出て来るであろうと思います。

教育と教養

学生D　先生はお話の中で教育と教養の違いを言われたのですが、もう少し具体的にわかりやすい説明がいただけたらと思います。

福田　教育ということですが、今日の教育というのは全部集団教育を意味しているようです。学校教育というものはみなそうなのです。この合宿教室で行われているのは塾というものに近いと思いますが、教育の本来のあり方は塾なのです。学校では本当の教育など行われていない、そこで行われているのは、教育の一分野である知識の伝達ということなのです。知識の伝達を今日では教育と言っているわけです。だから教育ある人間が教養ある人間に限らないと先程申しましたのは、知識のある人間は教養のある人間とは限らないということなのです。

教養というのは根本は心遣いです。細かい心遣いです。あらゆる対象に接して、品物でもいいし、人間でもいいわけですが、そのときにいつでも相手の気持になってつき合う気持、それが私は一番根本になければならないと思います。

今日ではつき合いと言えばいやいやながらという意味に、何か心ならずもという意味に使われるようになって来ております。それはもちろん正しい使い方ではないと思いますがつき合いというものの中には、自分を殺さなければならないという、つらい面があるのは事実です。ところが今日の教育なり、思想なりの傾向は、そのように対象につき合うということはあまり重んじないのです。だから男女同権の問題でも何でも、大てい問題になってくるのは、あいつの方がとくをしているということですね。「男の方がとくをしている」と女の人はいうわけです。「だから女にもとくをさせろ」ということになる。そこには相手に仕えようという気持は全然ないのです。文明というものはみんなそうなので相手に仕えないですむように、二人の間にいろいろ物を置こう、機械を置こうとするわけです。だから文明が発達すればする程相手につき合うという気持がなくなってくるのです。

私はアメリカで半年ばかりアパート生活を一人でやりましたが、これは独身者には実に快適に出来ているので、なぜこのアメリカで男は結婚するのかなと思った位、社会が機械化されているわけです。だからすべてセルフサービス、自分のことは自分でするというと昔の修身みたいで非常にいいようですが、これは他人のためには何にもしないということになっているのです。これが現代文明の姿だと思います。

御飯をたべる時、女が給仕して、男は給仕されるばかりだから男はとくじゃぁないの、と今の女の人は言うのです。「だけどどうして給仕するのが嬉しくないのかな」というふうに私は思うのです。人に仕えるという喜びを失うというか、それを大事にすることを忘れてしまっている。もちろん男の方でも自分の女房に仕えているという気持が大切なことはいうまでもありませんが。ただその仕える場所や方法が違うだけです。ともかくお互に仕えるという気持をもつこと、これが正しい生き方、教養のあり方だというように思うのです。言葉の上からみても、物を「使う」というのも、偉い人に「お仕えする」というのも同じ「つき合う」という言葉から出てきているのです。

理性について

学生E　ものごとを理性だけで考えないで、感情を大切にしなければならないとおっしゃいましたが、そのことと神を信じるということとは関係があると思います。その点について御話をおききしたいと思います。

福田　私は自分より大きなもの、人間を超えたものの存在を信じようとすることは人間の本能ではないかと思います。それに対してただ理性でもって、「それはなんら根拠がない」と断定する人がいるわけです。しかし人間というものは苦労のない時、うまくいっている時にはさほど思わないけれども、失意に陥った時、又は死を前にした時などには、やはり人間を超えたものを考えざるを得なくなる、それは何と言っても事実なのです。

理性とか合理主義とかいうけれども、合理主義は非合理なものの存在を常に自分の前に自覚していなければ成り立たないと思います。非合理なものを切り捨ててしまう合理主義などというものは存在し得ないのです。現実に自分が理解できないもの、説明できないものが自分の中にも外にもある。そういうものを合理主義で切り捨ててゆくということは明らかに合理主義ではないのです。ほんとうの合理主義というのは私たちの目の前にある現実を十分に見つめて、それでなにか計算をし、割り切ろうとしたときに、そこに必ず残るものがある。それを常に目の前において、合理、理性一本ではいかないということを自覚し、一つの仮説としてものを出していく、それがほんとうの合理主義的な態度であると思います。

人生の目的

学生F　講義とは直接関係がないのですが、人々はよく幸福を得ることが人生の目的であると言います。しかし私は、幸福を得るために人生を生きていくのなら、人間は生きていなくてもそう変りはないと思います。結局人間はなぜ生きているかということになりますが、そのようなことを先生はどのように考えておられるかお聞きしたいのです。

福田　乱暴な言い方ですが、ほんとうは人間なんかいなくてもいいのです。そんなことははっきりしているのです。私だっていなくなったってかまわないので、それこそ原爆や水爆で一ぺんに地球が吹っ飛んでも別になんということはない。それはわかり切ったことです。ただぼくたちは生きていたいのでしょう。何かのために生きているのではなくて、生きていたいのでしょう。ぼくたちはなにものか、生命、自然の力に押されてただ生きているのでしょう。しかも人間は自然の一部であって、そして自然的な調和を欲しているわけです。私たちはそれを幸福というように名付けるわけです。たとえばいま非常に生き甲斐を感じるという、その生き甲斐というものを人は幸福と名付けるのです。

もっともなにを生き甲斐と感じるか、なにを幸福と感じるかは人によってずい分個人差があると同時に、また高低があります。物質的な欲望の満足を幸福と感じる人もいるわけです。しかしいろいろな物質的なものが満足されて来たときにも、そこにはやはり不満があるわけです。昔の偉い人は、お釈迦様とかイエス様とかいう人は、そういういろいろなものが満たされたとき、すなわち現在の自然科学の隆盛、それからもっと先のことまで見抜いて考えていたと思うのです。どこまで行っても人間というものはなお憧れるものがある、なお満ち足りないものがある。それで、どういうところに達しなければ人間というものは安定しないものかという問いに対して答えたのがああいう天才でしょう。結局幸福というもののほんとうの状態——それは最後は信仰でしょう。そういう信仰を得て安定した状態、なにが来ても恐れない、だから非常に静かに、楽しく、光に溢れて生きるという世界なのです。

しかし根本的には、サルトルではないが、人間の作ったものにはみんな本質というものがある。「本質」というのは「目的」と言いかえてもいいかと思いますが、存在よりも先に本質がある。たとえば鉛筆なら鉛筆というものの目的、効用、用途、そういうものが先に頭にあって、そのあとで鉛筆が存在する。ところが人間のほうは本質があとで存在のほうが先にあるのです。すなわち人間というものは本来目的がないのですから、いまあなたのおっしゃった点、なくなったって一向かまわないのです。人間がそんなに貴重だと思うのはなにかの錯覚であって、なくなってもかまわないのです。しかしただ、まず存在した、そして存在し続けようという欲求がある、その前提のもとにみんなものを考えたり生きたりしているわけです。

日本の将来

学生G　さきほども質問がございましたが、現代の混乱を克服するためには、日本には新しい思想が打ち立てられなければならない。それについて先生からのお答えがあったわけですが、では具体的にはどのような思想が規定されるべきなのか、もう少し詳しくお話しいただきたいと思います。

福田　それは私にはわかりません。私がそういう思想をもっていると思って話を聞いていただくと、これは買いかぶられたことになるのです。私はそんなものは全然持っていない——というとおかしいのですが、持とうとして努力はしておりますが、それがこういうものだとは到底いえないのです。

おそらく私は、まだ平和な時代がつづいて、それで一〇〇年位たてば、日本もなんとかなるのではないか。それは思想の問題ばかりでなくてすべてそうだと思うのです。大体一つの外国文化というものや生き方、思想というものを自分の国に入れて、それを消化してしまうまで普通は何百年とかかるものです。日本は明治以後近代産業化ということだけをやってきているから早いように見えるのだけれども、それを自由に日本的なものにするためには、大陸の文化が入ってきた時それが消化されるまでには四、五〇〇年かかったように、非常に長い年月が必要だと思うのです。ことに現代のように世の中がどんどん、めまぐるしく変っている、それには西洋自身が追っつかないという時代ではなおさらです。だからみんなじれったくなって、短気を起すわけです。なんとかしなければならない、自分の目の黒いうちになんとかしようということを考える。

これはよく言われる例ですけれども、イギリス人は庭をつくるときに、苗を買ってきて安いのを植えるのです。「爺さんのくせにそんなものを買って来てなぜ植えるのか。お前の死ぬまでにはどうにもならないのに」と私たちは思うのですが、彼らが考えているのは子や孫のことを考えているのであって、時間を見る見方の波長が非常に長いわけです。ところが日本ではいま言ったように外国の文明を取り入れたのだから、大変時間がかかるにもかかわらず、考えるのは短兵急で忽ちのうちにその近代化が西洋にすぐ追いついてしまう、そして日本独自なものを忽ちのうちに出そうとして焦る。そうすると今度はそれが非常に固陋《ころう》な国粋主義になってしまったりするのです。こうして日本は左へぐっと傾いたかと思うと右へ傾いていく、明治以来歴史をみるとみんなそういうことをやっている。結局は焦るからなのです。ゆっくりやればいいので、自分の子や孫の時代でもいいし、もっと先でもいい、そういうところに焦点を合わせてゆけばいいのです。「自分の目の黒いうちに」というのはエゴイズムなのです。自分がよくしようというからいけないので、自分がただその歴史の一つの流れの一環をなすのだという自覚をもたなければならない。だから私が「自分ではそれだけの立派な思想をもっていない」というのは謙遜だと思われる方がおられるかもしれないけれども、そうではなく、現代では誰一人としてそんな大それた思想をもっている筈はない、みんなが模索していろいろなことをやっていると思うのです。

ただその中に「これが解決策」ということで押しつけてくる人間がいるのは事実なので、私はそれに対して非常な反撥を感じるのです。そんなことではなく、みんなでゆっくり歩こう、おれの歩き方はこれが一番歩きいいのだとAがいう。BはBでこちらの方がいいという。そういうことをみんなやりながら、Aの歩き方、Bの歩き方というものに、お互がつきあってゆく、そうすれば非常に歩みが遅いわけですが、無理のない生き方なのです。こうしてみんなに共通な地盤が出来上ってしまえば——そのときこそ、それが揺がぬものになってくる。

西洋では近代というものがどんなに没落にむかって行っても、あれは長い年期をかけてあのようにやって来たからそれだけの根強さをもっているのです。しかし日本では事情はそうではない。従って非常に焦るわけです。例えばマルクス主義というのが日本ばかりでなく一般後進国に人気があるのはなぜかと言えば、歩みの遅いのに業を煮やしてしまうとあれが一番いい、全部御破算にしてしまえばゼロという共通地帯が出来る。あれでもだめだ、これでもだめだ、そんならいっそのこと過去を全部否定してしまおう、全部ひっくりかえしてやろうという革命の思想が出やすいのです。

そうではなく、もう少し自分に忠実に——自分に忠実にというのは他人のそれぞれの生き方を尊重して、それにつき合ってゆくという気風なのですが——それをみんなが養ってゆけばいつか日本人の生き方が見つかるだろうと思うのです。上から無理に押しつけたり、下から無理に押し上げたり——上からというのは戦前、下からというのは戦後ですが――そういうやり方はいずれも失敗して、そのたびに混乱の度をふやすだけだというように考えております。

（昭和三七年八月一九日／於・阿蘇国立公園）

講義2　「近代化」とは何か

序にかえて

本日は、「『近代化』の意味とその克服」という題でお話し致すことになりましたが、これを本当にお話しすることになりますと、二時間や三時間ではかたがつかない大問題でございます。そこで講義要旨の中にいくつか立てました柱の意味を説明することによって問題の所在と方向を示すだけにとどめようと思います。ただその本論に入ります前に序として言葉の問題をつけ加えさせていただきます。

言葉というのは、非常に判り切ったもののようでいて、よく考えてみるとなかなか難しいものであります。国語問題の論争の時にも、言葉は道具であるとか、道具でないとか言われておりました。表音派の人達が、言葉は人間相互の意思伝達の道具だ、あるいは道具に過ぎないという風に使っているのに対して、表音主義を否定する立場の人は言葉は単なる道具ではないという言い方でお互の間に応酬が行われる。しかし、この論争には根本的な間違いがあります。というのは、表音派の人達が、言葉は道具に過ぎないという時に、道具を軽視、乃至は軽蔑しているところに、問題があるのです。従って、それに反対する人は、道具などとはとんでもない、言葉は魂そのものであるという言い方になるのです。しかし、道具というものを軽視し軽蔑している点では、彼等もまた表音派の人達と同じだと言えましょう。

だが、道具というものを魂や精神と対立した低劣なものとして軽視するいわれはどこにもありません。私は言葉は道具であって結構だと思います。結構だというより、道具であればこそ大事だという考え方を持っております。そこが表音派の人達とも、表意派の人達ともちょっと違います。ところでこれこそ言葉というものがなかなか難しいものだということの端的な一つの例であって、同じ道具という言葉を使いながら、ある人は軽蔑の意味で使い、私は尊重する意味で使っているということになる。道具という言葉に限らず、あらゆる言葉は人々によって違った意味合いで使われています。なるほど五官をもって認知し得るものを表わす言葉はお互いの意思伝達の上でさしたる差がありません。例えば「戸を開けてくれ」というような言葉に誤解はめったに生じないのです。相互の理解に共通の要素が大きいのです。

どんな言葉も、人々にとってそういう共通な面と、その人独自の面とを持っていると言って差し支えないかと思います。一部分重なり合った二つの円を想像して下さい。二人の人間が一つの言葉を喋っていると、重なる部分が必ずあります。ただその重なる部分に大小があるということが問題であって、五官に感知し得る言葉、例えばいまの戸だとか、タオルだとか、盆だとかいうものに関する限り、この重なる部分が大であります。それが全く一致するとは申しませんが、そう言っていいくらい、共通部分が多い。ところが、抽象的な言葉になりますと、その抽象度の強さに応じて、重なり合う部分が次第に小さくなって来る。しかし、それが小さくなったという自覚がないところに大きな問題が生じてくるわけです。で、なにより大事なことは言葉には伝達可能な領域と、孤独な、相互に連絡のない部分があるのだという自覚だということになりましょう。

戦後、殆んど流行語のようになっている、民主主義、平和、自由、平等などの言葉になりますと、多くの人達が同じ意味だと思って使っていても、そこに、大きな差があるように思われます。こういう抽象語に何故差が出て来るかというと、五官で認知できないからでありますが、それ故にこそ、その言葉にそれを使う人々の異った価値判断が加わるからであります。平和ということは戦争をしないことだぐらいの共通要素は誰にもあるかも知れません。しかし、それをあらゆる人間行為の最高の価値と見なすか、戦争より平和の方がいいのだがという程度で考えるかによって、非常な差が出て来ます。その差を意識しないで、話し合っておりますから、言葉がいたずらに混乱して空を飛びかっているという状態になります。今日の思想の混乱、あるいは道徳の混乱というような根本的な問題は、因《もと》をただせば、すべて言葉の混乱から生じて来たと言えましょう。もっとも逆に言えば、道徳の混乱、思想の混乱が起ったからこそ、言葉が混乱して来たとも言えます。

第一次大戦後もそうでしたが、最近また言語哲学というものがふりかえられて来たのは、やはり既成の価値意識、あるいは一つの価値を中心に組み立てられていた文化共同体意識が崩壊に瀕しているからです。こういう時代には必ず言葉とは一体何か、果して言語による人間相互の心の伝達が可能であるか、という問題が起きてくるのは当然です。もっとも日本では今日、そういうことを問題にする意識さえ生じないほど言葉が混乱しきっておりますが、言語に対する哲学的思索はどうしても必要です。

序の結論として申し上げますと、言葉というものは、それぞれの人が勝手に自分の思いを託して使っているものであるということなのです。もう少し本質的に申しますと、人間と人間との間に本当の意味の伝達があり得るかということになります。「愛」という言葉がございますが、私達は人間の心と心がそのように完全に一致することがありうるか。あり得ないのではないかという一つの絶望感――伝達不能、愛の不可能という一つの絶望から出発しなければならぬと思います。もし愛というもの、伝達というものがありうるとしても、その場合も一応その絶望から出発しなければならない。それを越えれば、初めて何かの道があるであろう、というより、その絶望を越えたもののみが、本当によく愛しうるし、自分の意思を人に伝達し、人の言葉をよく理解しうるようになるのだということになるかと思います。

歴史と伝統と文化

歴史という言葉について先ず考えて見たいと思います。今日歴史というものが人々の意識の上からうすれて来たのは、戦後の教育の大きな責任であります。現代の多くの歴史学者達の考えている歴史と、本来の意味の歴史というものは、私は違うと思っております。歴史学の立場からすると、歴史は社会科学なのかどうかという考え方があります。社会科学という立場に立てば、それが科学である以上、対象を客観化、あるいは客体化しなければならない。従って、客体化しうるものだけしか対象にしないということになりがちです。しかし、歴史のように人間の行動を対象にした時、人間の心を抜きにして考えることができるだろうか。自然科学、物理学のように、人間の心を全部抜き去って考えていくことができるかというと、実際にはそうはいきません。歴史学は最もそれができない学問と言ってもいい。だから科学にはなり得ない学問といってよろしいわけです。

私が冒頭に歴史という問題を掲げたのはそれだけの理由があるのです。一体この世の中に、個人の存在に先だって存在するものは何かと考えますとそれは三つあります。歴史と自然と言葉であります。例えば日本語は私達の存在よりもずっと前から生きつづけてきたものです。神がかって、言霊だの魂だのと言わなくても、日本語というものの生命は、私などのように、ついこのあいだちょっとまかり出た人間とは比べものにならない長い歴史を持っております。再び国語問題にふれますけれども、国語や国字を改革しようとする人達は、なにか自分が自由にそれを変えられるものだ、自分の方が日本語の主人公だという風に思っているのです。しかしわれわれは自由に自分の発想に従って、個性的に言葉を使って来たわけではなく、日本語の仕組みに従って、これにつき合いながら、つまり仕えながら生きてきたのです。そのおかげで、今日どうやら日本語が使いこなせ、時には個性的な表現もできるという風になっているのではないでしょうか。

歴史というものもそうなのです。歴史は既に存在してしまったものです。われわれが、歴史に対してこういう風であってもらいたい、こういう風に直したいと思っても、もうとり返しがつかない。ところが、日本の歴史は既に存在しているということを、今の歴史家たちはどうやら忘れている。つまり歴史は親みたいなもので、私達は日本の歴史の子供なのであります。その子供の立場から過去の歴史を裁いていこうというものの考え方が既にまちがっている。歴史をして私達に仕えしめてはならない。私達が歴史に仕えなければならないのです。ところが、今の歴史学者はすべて歴史を私達に、すなわち現代に都合のいいように仕えさせるというようなことをやっているわけです。

今日の歴史学者の多くは唯物史観を信じている人達です。また唯物史観を信じないまでも、一つの価値判断を持っていて、人間は永遠にユートピアを目指して進歩するという考えを持っています。その場合、進歩という言葉の意味がまた問題になるのですが、それは後でふれることにして、とにかくある観点から一つの目的地を描き、その目的に都合のいいように歴史が動くと考えるわけです。つまり、あらゆる時代は、常にその次の時代に至るまでの「はしご」だと考え、その時代自身の自立性というものを否定してしまうわけです。例えば、大化の改新によって、日本の古代国家ははじめて中央集権の体制に入った。ところがそれが貴族の手で行われたことが、左翼の歴史家には気にくわない。それが民衆の手によって行われたことを望むわけですが、西暦紀元六四五年頃に、目ざめたる民衆が日本国家の統一を意思するなどと期待するのははじめから馬鹿な話です。大化の改新は中大兄皇子と中臣鎌足が中心でしたが、皇室や貴族のような当時のエリートであり、知識階級であった人がそれをやったというのは、当然のことです。フランス革命でも、ロシア革命でも、中共の革命でも、すべてリーダーの手によって行われたので、大部分の大衆は、何が何だかわけが分らないうちに世の中が変ったというのが本当で、左翼の人達のいうように、本当に民衆が目ざめて立ち上ったなどという馬鹿なことは今までに一度も行われたためしがない。民衆というものはよかれあしかれそういうもので、時代の先覚者、指導者によって歴史は動いていく。ところが、戦後は指導者によって歴史が動くことを全部否定して、大衆が歴史を動かしたという風に無理に解釈しようとした。従って一時言われたように、人間不在の歴史、英雄を全部抹殺した歴史が教えられました。

そういう大きな間違いは、すべて今日の目で歴史を見ていて、歴史の、ある時代の中で生きていた人間の気持を全然無視することから起るのです。例えば最近「乃木大将」という映画を作るというので、その台本について相談をうけましたが、やはり今日の目で見ている面が随分強いのです。乃木大将の時代は、大東亜戦争とか、民主主義とか、自由とか平和とか、原水爆とか、そういうものは思っても見なかった時代であります。そういう中で、その時代の人達は精一杯生きていた。つまり、あらゆる時代にとって一寸先は闇であった。このように人々が一寸先は闇という中で生きていたということを今の歴史家は忘れているのです。大東亜戦争もそのいい例ですが、もし遠眼鏡で見るように、ミズリー艦上の調印が見えていたら、誰も戦争は始めなかったに違いない。自分だけには見えていたというインテリがおりますけれども、そんなはずはない。また、敗戦後の今日のような経済的繁栄も、当時の人達には見えていなかったでしょう。負けて、もう日本民族というものは滅亡するのではないかと悲観絶望している人たちもいたわけです。つまり歴史というものは、その当時の人たちの中に入って見なければ分らない。要するにわれわれは自分を歴史の方につき合わせなければならないのです。歴史をわれわれにつき合わせてはならないということを、最初に申し上げて「近代化」の問題にはいって行きたいと思います。

「近代化」の歴史的必然性

「近代化」という言葉は非常に曖昧な言葉であります。曖昧だけれども皆何となく使っている。例えば明治時代には文明開化という言葉がございましたが、それと今日近代化と言っているのとは大した差がないのではないかと思います。戦後いわゆる第二次産業革命とか、技術革新とかいうことが言われるようになりましたが、近代化という言葉は、イギリスの産業革命以来の技術の進歩に伴う現象を指している言葉だと解釈していいのではないかと思います。技術というものは、自然や物に対する開発を意味し、それを人間の社会生活にも適用して、社会制度その他の近代化という考え方が当然出て来るわけで、例えば交通機関一つを例にとってみても、ナポレオン時代までは馬より速いものはなかった。古代文明の時代からナポレオンの時代までの数千年間と、それから以後の一〇〇年の間には、技術革新がもたらした決定的な違いがあります。それ故、技術革新というと産業革命以来というように、一応考えられるわけです。しかし、それはあくまで狭義にいう場合で、実はこの考え方そのものは昔からあったのです。

アリストテレスに「自然学」という本があります。フィジックスは今では物理学を意味しますが、ギリシャ語でフィジックスというのは、フィシスの学問、すなわち自然を対象とする学問という意味で、「自然学」と訳すのが一番適切でありましょう。その中で彼は技術について論じております。彼は人間が手を加えないで人間より先にあったもの、つまり自然と、われわれが自分の技術、人工によって作り出したもの、その両者は本質的に違いがないと申しております。彼の引いている例によりますと、われわれは樹木というものを人工的なものではなく、自然だと考えている。ところが、もし自然にこの樹木というものがなかったらどうか、自然の発展段階において、人間というものがもっと早く出て来たと仮定したらどうなるか。恐らく人間は自然がやったと同じように、樹木を人工的に作り出したであろうと言っております。逆に、例えば、今日われわれが人工的と称している建築物のようなものを、人間の知恵がそこに行く前、あるいは人間というものが発生する前にもしも自然が作ってしまっていたなら、それは恐らく、今の人工の建築物と同じようなものになっていたろうし、われわれはそれを自然と称しているであろうということになるわけです。これは、植物学、あるいは物理学の上で証明出来るかどうかは別問題として、一つの比喩として考えると、非常に卓抜な考え方であると思います。というのは、アリストテレスの根本には、自然は技術家であるという考え方がある。人間は技術を使うけれども、それは技術家である自然を模倣しているだけで、自然の中にはもともと技術開発の能力が具わっていて、人間はそれに手を貸して、自然の意志を充足させるのであるという考え方であります。よく考えてみると、今言ったようなアリストテレスの比喩はそれ程突飛なことではない。何故なら、人間もまた自然物であります。従って、自然が生んだ第二の自然である人間が生んだもの、それは、第三の自然と呼んでも一向差し支えないわけです。そういう意味から言いますと、技術革新とか何とか言っても、人間は思い上ってはならないのであります。人工的技術と自然とをそれほど根本的に分けてしまってはならないと思います。

近代化という時に、一方に血道をあげている人がいるかと思うと、逆にそれに白い眼を向ける人もいるわけです。近代化ということに何かバラ色の夢を抱く人と、それに嫌悪感を抱いてやみくもに反対する人と二つに分れております。これも近代化という言葉の意味の受け取り方が違っているからです。

私は、近代化というのは単なる歴史的必然だと思うのです。進歩という場合も同じことで、これはいいも悪いもない、その中に価値は絶対に含まれないと思います。「犬が西向きゃ尾は東」というようなごく当り前のことで、放っておいても人間は進歩し、放っておいてもあらゆる国は近代化の過程を辿るにきまっています。それは価値ではなく歴史的な一つの必然性に過ぎないと思います。それに対して過大な夢を抱くことが大きな誤りであると同時に、それを目の敵にするというのも大きな誤りであります。

私は近代化という言葉には価値が含まれないと申しましたが、それは軽蔑して言うのではありません。価値とは関係のない単なる事実であると言うのです。進歩という言葉についても同じことが言えます。人間は進歩します。歴史も進歩します。しかし、進歩するということは価値とは関係がありません。封建時代とそれより進歩した現代の民主主義の世の中と比べてどちらの方が上だとか下だとかいうことは出来ないのです。ここに文化という問題が当然出てまいります。封建時代と今日を比べてもよろしいし、後進国と先進国を比べてもよろしいのですが、それぞれの時代、それぞれの国に文化があります。文化というものは質の差であって、決して量で優劣をはかることは出来ないものです。後進国、先進国というような分け方は、あくまで近代化というものを基準にした量による分類法です。ですから、私は日本は後進国だとおめず臆せず言うわけなので、後進国で一向差し支えないのです。後進国であるから文化的に劣っている、先進国であるから文化的に進んでいるというのは間違いです。ただ西洋の文化が今の近代化という一つの歴史的必然性を生み出しているのです。日本あるいは東洋の文化から近代化というものは出て来なかった。従って、われわれは後進国になったわけで、これも歴史的必然性にすぎないと思うのです。それで、文化の点では、私たちは一向後進国とは思わないし、そういう後進国、先進国という言葉を文化の面で適用することはできないのです。それで文化というのは、それぞれの民族なり時代なりがもった生き方の様式であります。それには優劣は全くないのであります。もっと美学的な問題であり、あるいは哲学的・宗教的な問題であって、広い意味での技術に係わる近代化の問題とはおのずから別箇のものであります。

「近代化」の精神史的意義

近代化に伴って混乱が起るのは、それに余りに大きい価値を与えるからで、後進国の場合は特にそれがひどいわけです。よく「明治はよかった」ということが言われますが、その明治を作ったのは封建時代の人間であることを忘れていては、大きな過ちを犯すことになります。日本の近代化は明治から始まったわけですが、その明治の時代は江戸時代の武士階級が指導者となって作ったのです。この点を間違えないでいただきたいのです。

日本は明治以来近代化というものを非常に大きな価値にまつり上げるという過ちを犯し続けて来ました。これも私たち後進国の歴史的必然性であり、宿命的なことがらであると思います。先進、後進だけでものを考えることが殆んど日本人の価値観になってしまったと思われるくらいです。それが明治から始まっているのです。戦後はそれが極端になり、殊に唯物史観に彩られたわけですが、近代主義的なものの考え方が人間の生き方として大きな価値であり、国家や民族の辿るべき道であるという風に思い込んだのです。私が、もし明治時代に生きていたら、それが歴史的必然性であり、何としても先進国に追いつかねばならないと考えたでしょう。当時の人々にとって、それは仕方のないことでしたけれども、今日はそのようにして進んで来たために起きた大きな過ちを改めていくべき時代に来ているわけです。後進国に於ては、どうしてもそういう過ちが起らざるを得なかったのです。長い鎖国が続き、狭い地域に閉じ込められているところで、日本人は始めて近代化の上昇線を辿っている西洋というものにぶつかる。そして、今までのあらゆる歴史や伝統をすっかり捨て去ってしまう。懸命になって先進国に追いつこうとする。これが後進国の近代化の宿命だと思います。

しかし、近代化に伴う新しい事態は西洋でもある程度は起っています。アメリカは勿論ですが、先進国であるヨーロッパも、近代化、技術革新の波に巻き込まれて行きつつあることは否定できません。後進国ほどではないにしても、世界中が近代化、あるいは進歩というものを一つの価値にまでまつり上げつつあるという時代はきびしく反省されねばなりません。既にそういう時期に来ているのではないかということをここで申し上げて置きたいのです。

前項で近代化というのは単なる歴史的必然性に過ぎないということを申しました。それから精神的に考えましても、後進国に於ては近代化ということが価値になりやすいということ、最近では先進国でもこれが一種の価値観になって来ていると申しました。その原因として、宗教がぐらつき始めたこと、あるいは宗教までが近代化の影響を受けつつあるということが考えられます。ヨーロッパで一番頑固な宗教であるカトリックまでが、だんだんそういう傾向になりつつあります。元来、近代化とか進歩とかいう概念は、ひとつの遠心運動（ディセントラリゼーション）に過ぎません。これに対して、宗教というものは求心運動（セントラリゼーション）であります。中心に向おうとする動き、人間の内部に向おうとする動きです。神というのは、歴史のあらゆる時代、あるいはあらゆる民族から等距離に存在するものであります。つまり一つの円を頭に描くと、その中心に神というものが存在する。円周が時間的な歴史というものを形成すると考えてもよいし、あるいは横にあらゆる民族の所在点を結びつけたものが円周をなすと考えてもいい。それらはすべて神と等距離にある。遠心運動が激しくなると、円周が次第に大きくなり、中心と円周の線上を廻る錘との間の糸が、いつ切れるか分らぬという状態にもなりかねない。今や近代化というものはそういう危険な状態に直面しているのです。そういうことをよく考えていただきたいのです。

日本における「近代化」と「西洋化」との異同

文明開化の時代には、和魂洋才というような言葉が使われました。才は西洋に借りるが魂は大和魂という考え方です。しかし実際はどんどん西洋化して行った。今日われわれの周囲には歴史と自然と言語の三つを除いて、日本固有のものは殆んどなく、あらゆるものが西洋化してしまったといえます。明治以来文明開化というのは西洋化を意味して来ました。今日でもそうです。ところが、多くのアメリカの日本学者は、近代化と西洋化とは違うと言っています。近代化はアメリカ化でもヨーロッパ化でもないというのです。しかし、日本の場合、或いはアジア、アフリカの後進国の場合、簡単に違うといって済ませないものがある。抽象概念としてはたしかに両者は別個のものですが、現実においては違わない形をとらざるをえないのであります。例えばインドやベトナムについて考えて見ましょう。ベトナムの仏教徒の動きなど見ていますと、日本の仏教、あるいは、本来の仏教と非常に違った独特のもののようです。それがいい、悪いは別として、やはりベトナムの近代化にとって仏教徒の存在はかなり邪魔になっていると思います。インドの場合はヒンズー教というものが近代化を妨げています。いわゆる、前近代的といわれているようなものは、アジア、アフリカのどの国へ行っても色濃く残っています。

ところが、日本では前近代的要素というものが殆んど見られない。心のうちは別として、外側は全部近代的なもので固められております。あるいは先進国よりも、もっと近代的な面すらあります。皮肉な言い方ですが、西洋よりも西洋的なというような状態にまでなってしまった。つまり日本は西洋化という道を徹底的に辿ったために先進国に追いついた、近代化に成功したというように言えるのです。これに反してその民族の伝統が捨て切れないアジア、アフリカの諸国は近代化がなかなか出来ないという情勢にあるのです。日本人は勤勉で、インド人は怠け者であるというようなことはむしろ二義的であると思います。よく言えば勤勉、悪く言えばあわて者かも知れません。日本は完全に西洋化の道を辿って、アジア、アフリカという後進国グループの中で先頭を切った、あるいはすでに先進国グループであったものを追い越して、先進国中のかなり上位に立つようになったということができると思います。

私はプリンストン大学のソ連経済の専門家であるブラックという学者に、後進国にとっては近代化と西洋化とは同じ意味だ、どうしてもこれを切り離して考えることは出来ないといったことがあります。しかし、彼は「それはやはり違う」といって頑として譲らず、「それでは、イギリス人が産業革命で近代化したのは、あれは西洋化か」というのです。こうなると売り言葉に買い言葉で「そうだ、西洋化だ」と言って周囲の人を笑わせたことがありますけれども、これは勿論西洋化とは言えません。しかし、これ以上になると水掛け論になると思ったからやめてしまったのですが、その辺のことはアメリカ人やヨーロッパ人にはどうしても分らないところではないかと思います。近代化は今やたしかに歴史的必然性でありますが、それに徹底するにせよ抵抗するにせよ、後進国がその波を受けて苦悩する気持は、おそらく西洋人には理解できないのではないかと思ったのです。

私はやはり日本の場合、あるいは後進国の場合、西洋化という手段を取らなければ、なかなか近代化を達成し得ないと考えておりますので、本質的には近代化と西洋化とは明らかに違いますが、現実の問題としては同じことであると思います。そこから起きて来るいろいろな大きな問題を、次項で述べようと思います。

言葉の混乱

もう一度言葉について考えて見ましょう。現在私達が使っている大ていの言葉は、「てにをは」は別として、殆んど明治の翻訳語から出来た言葉であります。「近代化」にしろ、「民主主義」にしろ、「歴史的必然性」「精神史的意義」等すべて明治以降に出来た言葉です。「自由」とか「文化」とかいう言葉は元からありましたが、今とは意味が全く違う。たとえば、「文化」というのは「文にして化する」という意味で、今日われわれが言っている「文化」とは異った意味で使われていました。そこで翻訳語からわれわれの言葉が成り立っているということが、われわれの大きな課題となって来るのであります。例えば「文化」という言葉は「カルチュア」という言葉を訳する時に流用されたわけであります。ところが「カルチュア」は「栽培する」「培う」という言葉から出て来たもので、みなさんも受験英語で覚えたように「文化」と「教養」という二つの意味を持っています。西洋では「カルチュア」という一語の中に二つの意味が統一されております。「カルチュア」というものに対する西洋人の生活全体が、そういう言葉を生み出して来ているわけです。文化とは一つの時代、一つの民族の生き方の様式であると言えると思います。すなわち常識的な意味で文化というものを定義すれば、それは私たちの生活が無意識のうちに目ざし、また無意識のうちに、それによって支えられている一つの秩序、あるいは様式をいうものであります。例えば、鎌倉時代の刀というものは古代の服装には似合わないし、麻上下をつけて古代の剣をさしたら格好がつかないでしょう。やはりその当時の武器と着物とは一貫した美意識、あるいは文化感覚によって統一されているわけです。やはり一つの時代は大道具、小道具に至るまで、その時代独特の全体的秩序というものの中にそれぞれの道を得ているわけです。人々の歩き方や座り方まで、その民族や時代の様式というものが現われているわけで、それが文化というものであります。そこで、ある個人が、その時代なり、民族なりの様式や感覚を十分身につけた場合にそれを教養と称するわけです。従って、この二つのものの間には必然的な関係がある筈です。ところが、日本では、町や村のような文化共同体で身につけたカルチュアが、学校教育によって崩される傾向があり、学校へ行くほど教養がなくなるという奇妙な現象になっております。

「平和」という言葉も、それは単に戦争をしていないというだけのことです。それが日本では、戦争をしていなければ非常にいいことだ、あるいは戦争をしないことがわれわれの生き甲斐であるかのように思い始める。これは一つの錯覚であります。

こういう現象はすべて、われわれの使う言葉が、西洋の翻訳語で、伝統が一つもないからです。長い間磨きがかけられた言葉ではありません。明治で断絶している上、敗戦でもう一度断絶していて、言葉が固定しておりません。言葉を山にたとえますと、裾野が広いほどいいわけです。裾野が広いことによって隣の山にもつながることがあり得るわけですが、われわれの使っている言葉はまるで裾野のない棒のように切り立った山ばかりで、山というよりむしろ杭のようなもので、相互の間に全くつながりがなく使われています。

近代化が急激であったから言葉が混乱したのか、言葉の混乱のために自由な近代化ができないのか、それは鶏と卵の関係のようなものでしょうが、ともかくわれわれは言葉の使い方を厳密にし、慎んで使わねばならないと思います。

未来からの革新

日本の近代化の目標となった先進国は、時代によって変っております。かつてはそれらは主として英、米、仏、独のような自由主義諸国でありました。ところが、ロシア革命の成功によって、また一つ共産主義者にとっての先進国が出来たわけです。だから、日本が今日保守と革新に分れて戦っていると言っても二種の先進国の手先になって喧嘩しているような状態です。明治以来、われわれは常に「日本はあそこへ行くのだ」という到達点があって歴史を進めて来た。私は明治の人間の中では乃木大将が一番好きですが、その理由の一半は将軍があの当時の歴史の尖端に立たされていた人なのに指導者として日本を将来こういう方向に持って行こうというような意識がなかったからです。歴史の尖端を歩くというのはお先まっ暗ということであります。日本はどうなるか分らない、お先まっ暗なところを、何も分らず歩いていたところに魅力があるのです。

西洋でも最近では近代化が一つの価値観になっていると申しましたが、始めのうちはそうではなかったのです。ただ、人間の盲目的な衝動、アリストテレスの言葉を用いて言えば「自然自身の中にある技術開発の能力」、その線に沿って人間が技術を働かせていた。それから先どうなるかなどということは分らない状態で近代化が進められて来たわけであります。しかし、日本の場合には既にお手本が次々に現われて来ています。イギリスやアメリカのような昔からの先進国、ロシア、中共のような第二の先進国、その他個人でいえば、ネールや毛沢東やナセルなどが、次々に現われています。日本より、明らかに後進国であるインドネシアや中共などまで、日本のインテリは自分よりも先に進んでいると思うわけで、これは一種の劣等感であります。

「未来からの革新」というのは歴史に対する断罪であります。歴史につき合ってゆくことをしないで、いつでも未来から歴史を切り捨てていくことです。このように未来はこうなるであろうということで、過去を否定していくという行き方を、近代化の過程で日本はずっと取り続けて来たわけです。どんな政治経済体制もいつかは変るであろうことは確かなことです。しかし私はマルクスが言ったような共産主義社会が来るとは、論理的にも感覚的にも信じてはおりませんが、一方では、絶対にそれが来ると信じ、日本をその方へ持って行こう、持って行こうと努力する人がいる。そういう姿勢を私は未来からの革新というのです。しかし、私たちは未来については何も分らないのです。勿論ある程度の予測はできますが、一〇〇年後、二〇〇年後の未来がどうなるかは断言できない。それなのに、過去の必然性から帰納的に話を進めていくのではなしに、未来像という一つの観念の方へ歴史を近付けようとする。そうなれば歴史が邪魔になり、錘になって手枷、足枷になって来ます。それをどんどん切り捨てる、これは実におかしいことです。人間は放っておいても進歩するものです。だから、むしろ歴史につき従ってゆくことを前提として、そこに革新ということが起るのです。

適応異常の閉鎖性

「近代化」の意味を説明しました時に、それに絶大の期待をする人とそれに反撥する人がいると申しました。私はこれは両方とも近代化という一つの歴史的必然性に対する適応異常であろうと思います。近代化は歴史的事実であって価値ではない。それを非常な価値と思い込む。又、そのペースに巻き込まれて、反対にそれを斥けようとあがく。いずれも私は適応異常だと思います。

ここで日本の旧軍隊を一つの例として挙げてみたいと思います。講義要旨の、「前近代性への依存」「他者の犠牲による独走」「不均衡の問題」等の項目と関連させて述べていくつもりです。日本の軍隊ばかりでなく、近代化の過程においていろいろの分野が独立に近代化を行った。あるいは孤立してバラバラにそれが行われたと言ってもいいのです。そこで、ある分野は非常に顕著に近代化が進んだが、ある分野は立ち遅れたというふうに、フィールドによって違う近代化の道をふんでいるわけです。明治は文明開化と同時に富国強兵の国策を立てました。これは先進国に追いつく前に先進国にやられまいとする当然のことであったと思います。その意味で軍の近代化というものが一番進んだわけであります。軍は戦争をすることを目的としているわけですから、もし間違ったことを教えたらとんでもないことになってしまう。敗北によって間違いが次々に証明されてしまう。従って軍は近代化について、日本のどの分野よりも最も真剣であったと思います。その次が恐らく官であり、大学であったと思います。とにかく軍が一番近代化のトップを切ったということだけは間違いない。世界最強の陸軍、世界最強の海軍を作ったわけです。ところが、その場合も、海軍はイギリスを範とし、陸軍はフランス・ドイツ・ロシアと、時に目標が変りましたが、ともかく陸軍と海軍では目標とする先進国が違っていたのです。

別の分野で申しますと、政治思想は、フランス・イギリス、法律、医学はドイツ、絵はフランス、音楽はドイツ、演劇はロシア・ドイツ、文学はフランス・ロシアというように、それぞれの手本とする先進国を定めて近代化のスタートが切られたのです。そこに二つの問題が生じます。その一つはそれぞれにバラバラの目標を抱いたということ、もう一つは各分野に非常な不均衡が生じたということです。すなわち国防ということが重大だから、国家は軍に力を注いだが、他は犠牲になってしまったのです。

それから、先ほどの文化という問題とも関連があるのですが、イギリスは海軍は強いが陸軍はそれ程強くない。あるいは絵はかなりいいが音楽はよくないというようなことがあるわけです。しかし、それがその国の文化の特質であり、あらゆるものに優れるということはできない。つまり個人にせよ民族や国家にせよ、その短所は同時に長所であります。政治や軍事に長けている国では、芸術はあまり発達しない。芸術ですぐれた物を残す時代は軍事的には駄目であるということもありうるのです。時代、民族、国家は弱点と長所を一つにしながら、一つの文化というものを形作っているのです。それをあの美人は鼻がいいから鼻だけ持って来て、あの美人は目がいいから目だけ持って来るというようにして、モンタージュ写真のようなミス・ワールドを作ったところで、生きた顔は出来っこないのです。明治の日本は、未来の完成した先進国というようなものを手本にして、それに追いつこうということで、日本をミス・ワールドに仕立てあげようとした。だから、絵画と音楽との間に一つの統一した文化を形成していないし、政治と文学との間にも一つの統一した、文化秩序というものを持っていないということが起ったのです。そういう不均衡がいたるところにあります。世界一の陸軍、海軍を持ちながら、何故戦争に負けたかというと、やはり軍だけで戦争はできないということです。日本の経済力、政治力、資源、工業力というようなものが、そしてそれらを統一する精神そのものが近代化をなし遂げねば駄目なのだと思います。

よく日本の軍隊を非難して、人を人とも思わぬ人権蹂躪が行われたといわれます。しかし、戦争中に私も簡閲点呼を受けて始めて分ったのですが、「右向け右」というと必ず左へ向く人がいるのです。それは勿論緊張していたことにも原因があります。私は東京の下町に育った人間ですが、大部分の人は小学校を出ただけで下駄屋の丁稚になったりする。つまり組織生活というものを全くしていない。これは農村に行けばもっと顕著でしょう。さきほどから、近代化というのは技術ばかりでなく、社会制度そのものの変革をふくむと申しましたが、近代的な組織の中で生活するということを全くやっていない人たちを集めて、軍隊という組織を持ち、作戦行動を共にするという場合、その訓練は大変なことだったと思います。訓練する方もされる方も共に、適応異常を起すのは当然で、その結果が近代戦に甚だ不似合いな前近代的棍棒となり、竹槍となったと言えましょう。つまり訓練の方法としては非常に前近代的なものに依存することによって、近代化をなし遂げたと言うことも言えるのです。もし当時の軍隊に入って来る人たちが、非常に近代意識に目ざめていて、今の人のように人権蹂躪だとすぐいきり立ったならば、日本の軍隊は日露戦争には勿論勝てなかったし、日清戦争にも勝てなかった。とうの昔に清国やロシアの属国になっていたに違いないのであります。すなわち前近代的な人たちによって近代化が成り立ったとも言えるわけです。

もう一度「不均衡」の問題に戻りますが、社会がいろいろな分野に分裂して近代化が行われますと、相互の間にどうしても阻隔が生じて来ます。そうなると、最も生きやすい方法は、文学なら文壇という一つの閉鎖的世界を作ることです。温室の中に閉じこもることによって、自分たちだけが肌を暖め合ってすごすということになります。軍とか官とかいうところの近代化についてゆけない落伍者が、閉鎖的な世界にとじこもるような現象が生じて来たのだと思います。これも分断された近代化のもたらした一つの必然であります。

克服への道

時間がなくなりましたので急ぎますが、「伝統の喪失」ということは、近代化によって世界の先進国の仲間入りをした代償として不可避な事柄だったのでしょうが、といって、その克服の道もこうすればいいという妙法があるわけではありません。あるとすれば、それは今私が言ったような問題を全部自覚するということです。現在自分たちがどこに立っているのかということを徹底的に考える。過去を顧みて現在の位置を確めるということが一番大事なことであると思います。それから先に、どうしたらよいかということが出て来るわけで、私は今ここであっちへ行けとは言えない。それを言えるのはヒットラーだけです。ですから「克服への道」と書きましたけれども、私は初めから、時間があろうとなかろうと申し上げるつもりはなかったのです。近代化というものに徒らに夢を抱かないで現実を十分に直視する、そこから克服への道というものを考える手立てが出て来ると思います。すべて精神的な問題の場合は、混乱なら混乱の現状を自覚することにしか、その克服の道はありません。克服などという安易な道はありえないと悟らざるをえないほどの絶望的な混乱を痛感することから出直さねばなりません。従って、別に社会制度をこうしたらよいというような安直な解決法は、さらに混乱を重ねるばかりであります。近代化の過程におけるわれわれの立地点を十分に自覚すること、それが克服への道であり、解決への道であることを申し上げて終りたいと思います。

〈学生との対話〉

言葉について

最初私は「言葉は道具である」「言葉は道具に過ぎない」というような言い方から話を始めました。戦後は国語教育を道具教科と名づけた時代もあった。言語は伝達の手段であるから、社会科とか理科とかの、有意義な学問をする為の道具という意味で、この場合あくまで目的に対する手段の意味で使っています。軽蔑ではなくても、従属的な、二義的なものとして考えています。ところが、私は道具というものはもっと大事なもので、私流の言い方をすれば、道具とは心と心が出合う場所だと考えます。それは道具ばかりでなく物でも同じことです。しかし近代化の進行につれて、だんだんそうではなくなって来ました。昔は母親が自分の子供のために織物を織ってそれを縫ったのですから、その着物は単なる物質ではなく、子供と母親の愛情の出会いの場所であり、心と心の通路であります。着物は暑さ寒さを防ぐ道具であると共に、心の通路でもあったのです。言葉も全く同じことです。言葉は道具だという時、それはまた心と心が出会う通路なのです。だから心をこめて使わねばならない。用を通じさえすればいいのだという考え方が、実は用を通じなくさせているのです。

絶望について

その人の性格にもよるでしょうが、私は絶望というものがあらゆるものの出発点だと思うのです。人間というのは絶対孤独であって、人と人との間に最終的には架ける橋はないというのが私の人間観です。人間はエゴイスティックなもので、本当は自分のことだけしか考えていないのだということを、一度痛切に見つめることが大切です。そうすると、人間というものは非常に悪いもののように思われますが、私はそのエゴイズムというものが、生きる力、生命のエネルギーだと思います。ベトナム戦争で弾に当っている人を想像しただけで、自分がその痛みを感じていたら、われわれは一日として生きられないでしょう。今原爆反対を叫んでいる進歩派の学者たちは、広島に原爆が落ちた時、これで戦争が終り、自分達は生きのびられたと欣喜雀躍したことを忘れているのです。その時の自分の姿がよく分っておれば、今日のような騒々しい平和運動は起りえないでしょう。人間の中に潜むエゴイズムをもう一度見直した方がよいのです。もし私たちが先に原爆を発明していたら遠慮会釈なくアメリカに落したであろう。そういうことをもう一度考え直してみれば、日本人は世界で唯一の原水爆を浴びた国だといって、手足を失ったいざりが物乞いでもするように——物乞いと心得ているならいいのですが、誇りにするというようなやり方で——外国に対して世界唯一の平和愛好民族であるかのような偽善的な言動はなしえないはずです。人間の中に潜んでいる利己心をじっとみつめる目がないオプティミズムが、すべての偽善の源になると思うのです。プラトンが「意識してやる偽善よりも意識しないでやる偽善の方が悪い。意識してつく嘘より意識しないでつく嘘の方が悪い」といったのは本当だと思います。現代は非常にオプティミスティックな世の中ですから少し言葉を激しくして言うのですが、私は人間と人間の間に架ける橋はないと考えます。それで諦めて駄目になる人間は、駄目になったらよろしい。人間は皆愛情を持っている。日本は世界中に愛されている――日本国憲法の前文にはそう書いてある――こういって育てて行ったら人間は駄目になる。なぜならそれは嘘だからです。極限状況に追い込まれた時、人間はどんなことを仕出かすか分らないのだというところから出発して、始めて自己と戦うという工夫が出て来るわけです。本当の意味で人を愛しようという気持も出て来る。言葉による伝達は不可能だと痛感する時、始めて言葉に心をこめるような真剣な努力が出て来るのだと思います。私が絶望と言う時にはこれで終りだというのではなく、これから何かやり甲斐のある仕事をはじめるという出発点を意味しているのです。

歴史について

歴史の問題に関して、過去の歴史のみから判断の根拠を得ようとすることは、判断を固定化する傾向がありはしないかという質問がありました。私は「過去の歴史につき合え」と言ったのです。又「過去の歴史に仕えよ」ともいいました。日本語では上から下を「使ふ」のも、下から上に「仕ふ」のも、ともに「つかふ」であり、もとは「つき合ふ」という言葉から出ています。人間関係のつき合いというものをはっきり私たちに教えてくれるのは、歴史につき合うのが一番いいと思います。なぜなら相手は絶対に動かないし、ものを言わない。われわれが勝手に解釈しても、歴史の方から弁解はしない。ですから、われわれは、それを粘土細工のように勝手に扱おうとする。しかし、もし本当に歴史につき合い出したら、そこには挺子でも動かないものが見えてくるはずです。私は古代史をテレビ・ドラマにするために、幾つかの参考書を読んでみましたが、大抵のものは、事件は何でも起るべくして起った、そういう必然性が順序正しく書いてあって、読んで少しも面白くない。ところが「日本書紀」を読むと断絶があります。蘇我馬子や物部守屋の気持も簡単に説明がつかない。そこで、何回もよんで自分流の一つの解釈を下しました。それは私の一つの解釈にすぎない。私の解釈に過ぎないという以上、私の解釈を超えたものがそこにあることを信じないわけには行かない。私の解釈など、こざかしい解釈にすぎないときびしく自戒しております。ところが、それは歴史ばかりではないのです。友人関係でも、夫婦でも、親子でもそうです。日本がほかの国とくらべていいとか悪いとか言わないで、われわれは、日本人だから、日本の国家につき合うことをやったらどうかと思います。よく愛は理解から始まると言いますが、とんでもないことで、理解したら終りであります。理解というものは昆虫をアルコール漬けにするのと同じで、動物をアルコール漬けにするように、生きものとつき合ってはいけないのです。相手を自分の器ではかってしまってはいけない。相手を自分流に解釈するというのは、結局、自分を自分流に解釈してしまうことなのです。ところが自分で自分を理解していると考えるのは傲慢です。他人を理解し切ったというのと同じ傲慢であります。だから、自分に対しても、他人に対しても歴史に対するごとく謙虚につき合えというのです。そうすれば判断が固定化するどころか、ますます融通無碍に流動化してくるわけです。逆に歴史を自分流に判断していくと対象の歴史はもとより自分も固定してしまう。歴史という巨大なもの、他人という自分でないもの、そういうものに謙虚につき合うことによって、自分の器は大きくなり、伸縮自在になるのです。しかし、己れの制約、己れの器から脱して歴史をみることは非常に難しいことです。だから無理であり難しいということは万々承知の上で、その努力をしなければならないと申し上げたのです。

同じような問題ですが、歴史に対する場合、それを単なる事実として認めるだけならば、歴史に対する自己の意志が薄れることはないかという質問が出されています。しかしこの人も自己の意志というような言葉に捉われているのではないでしょうか。歴史に謙虚につき合い、己れを空しくするというのは、最高の意志力を必要とします。他人なり歴史なりを自分流に解釈するのは非常に楽ですが、身をかがめて歴史につき合うことは非常に強い意志が必要です。私が歴史的必然性といったのは、技術が次第に進歩してゆくのは、価値の問題ではなく必然的な動きだという意味です。従って、明治の指導者たちが、先進国に追いつこうとした意志的な努力の偉大さを否定するのではありません。

私は明治の文明開化というものを、ある程度否定的に検討いたしました。しかし大きな目でみれば、後進国が先進国に追いつこうとする動き、歴史の流れを変えようとする意志的な動きもまた、後になって見れば歴史的必然性なのです。ただ必然性というのは必ず前には見えないもので、そこに歴史が科学になり得ない理由があるのです。普通社会科学といわれているものは、自然科学の影響下に出来たものです。自然科学の対象は実験が可能でなければならない。一つのものを拵え上げたら、同じ操作をもって、もう一度同じものが作れるというのでなければならない。一回だけ起きるというものは、厳密な意味の科学の対象にはならないわけです。だから、大化の改新と明治維新の共通性というものを取り上げたところで、自然科学の実験と同じように今後そのくり返しの原理が適用できると思ったら間違いで、そう簡単に歴史は動かない。そういう意味で歴史は科学の対象にはならないのです。しかし、社会科学としては成り立たなくても、学問としては成り立つのです。単なる事実を記述しただけでは学問とは言えないだろうとおっしゃるかも知れないが、そうなれば学問とはなにかと反問したくなります。また、事実とはなにかと反問したくなります。己れを空しくして歴史的事実に仕えるというその仕え方のうちにのみ、事実は自らその姿を現わす。それが学問というものではありませんか。そういう点では歴史は学問でもあり、また文学でもある。シーザーの「ガリア戦記」もそうだし、日本の「神皇正統記」もそうです。大体日本で文学というと軟文学だけを指すような習慣があって、「梅暦」は文学で、「日本書紀」は歴史だという考え方があるが、とんでもない間違いで、「日本書紀」の方がずっと優れた文学であります。

価値について

近代化は価値ではないということに関連して「価値」とは何かという質問がありました。価値とは常識的には何が善か何が悪かという判断の基準であります。あるいは理想といってもよろしい。近代化というものは、そういう善悪という価値の問題ではないと申し上げたのです。その価値というものは必ず体系を持っていて、善のうちの最高善というのが必ずあります。よく道徳は時代と共に変るといわれますが、枝葉末節の点では変りますし、一番末端の礼儀作法というようなものも変ると思います。又、それに伴う風俗も変ると思います。しかし道徳の基本は絶対に変らない。なぜなら、最高善というものは洋の東西を問わず、自己犠牲、自己放棄ということにあるからです。自己を他人のため、あるいは自己よりも大いなるもののため、小は家庭から、大は国家、世界、人類等のために捨てることです。ここまでは、道徳の段階ですが、宗教的にはもっと高い次元である神というような抽象的なものに対する信仰があるわけです。近代化というものは、そういう次元とは全く異った世界のものであるという意味です。

それから、「期待される人間像」などをどう考えるかという質問もありましたが、私は左翼の人たちのように反対はいたしません。しかし、もっとよい道徳教育というものがあると思うのです。それは私が先ほど言った歴史とつき合うということです。歴史は変えようと思っても頑として変えられない。この不動の巌みたいなものに己れを屈して仕えるというくらい道徳教育として最高のものはないと思います。さらに、同じ理由で国語教育をもって道徳教育に代えるべきであると思います。

最後に簡単に宗教の問題にふれますが、西洋でも近代化に伴って、宗教が持っていた力、本当の価値観というものに対して人間を目ざめさせる力が、次第に失われつつあります。近代化は西洋の内部から生じたものですから、自分の生んだ子供で制御しやすいはずなのに、本当の価値観を見失いがちになっています。宗教は進歩というものを否定するのではありませんが、そういうものに対して精神の高さを維持する役割を果す。そして道徳的には自己犠牲という最高善を果すものです。近代化というのは一種の人間のエゴイズムの発現ですが、宗教がその行きすぎを食い止める力を失いつつあるという事実を指摘しておきたいと思います。

（昭和四一年八月六日／於・雲仙天草国立公園）

講義3 現代の病根——見えざるタブーについて

言葉の乱れ

本日は「現代の病根――見えざるタブーについて」という題でお話し申し上げたいと思っておりますが、最初にタブーというのは何であるかについてお話しして、それからそのタブーに対して我々はどういうふうに対処すべきかをお話ししてみたいと思います。元来、タブーという言葉は、普通「禁忌」と訳しております。禁じ忌む、あるいは忌まわしいものを禁ずるという意味ですが、禁じ忌むというのが正しい意味だと思います。最初どういうわけでそういう訳ができたかはわかりませんが、元来日本語では禁忌という言葉は使われていません。普通喋るときにはタブーと言っておりますが、タブーというのは一体何なのかわからずにタブー、タブーと言っているのが大部分だと思います。

話は少しタブーの問題からそれますが、今日では言葉がわからないままに平気で使われていることが非常に多い。私はあらゆる機会に言葉というものをいちいち自分で意識し、吟味して使わなくてはいけないということを言ってきましたが、そのことをタブーの意味を申しあげる前に少しばかりお話ししておきます。

例えば「民主主義」という言葉ですが、これにはいろんな広い解釈があります。しかし、それには自ずと限界があって、これはあくまで政治制度に対して言っているのであり、殊に今日では議会制民主主義という形について言っているわけです。ところがこれを主権在民という意味で言いだしたら、これはもうおかしな話で、一人一人が主権を持っているということになると、主権というのは統治権、支配権でありますから、治める人間は一億人だけれども、治められる人間は一体どこにいるのかということになってしまう。デモクラシーの、デモは「人民」で、クラシーは「政治」ですから、これを人民の政治ということで主権在民というふうにずらして考えたからこうなったので、ここにも言葉が曖昧になって行く根源があるわけです。さらに民主主義というのは話し合いだということになっている。ところが私の考えでいうと議会制民主主義というのは、いくら話し合いをやっても通じない場合に決をとって多数のものの意見をとるということであって、お互いに通じないときにいつまでも話し合っていたら議会は空転してしまいます。だから決をとるのです。ところが日本ではこんな時には必ず野党側が審議拒否という手段を使う。そこで仕様がないから与党が単独採決をやりますと、これはけしからん、少数者の意見を尊重しろと新聞は言う。だが少数者の意見は尊重するけれども、尊重した上で多数側に軍配があがるのが民主主義の原理であります。従って野党側が審議拒否をするというのは、国民が彼らに委託した審議権を拒否したということですから、サボタージュをしたわけです。ですから当然非難は彼らに向けられるべきなのですが、それには向けられない。そして民主主義は話し合いだという解釈だけがまかり通ってしまうと、どうにもならなくなってくるわけです。このように民主主義という言葉自体が曖昧に、あるいは勝手に使われているというのが今日の日本の現状です。

「平和」という言葉もそうであります。これはあくまで政治概念であって、この言葉の定義は、世界的にも最も権威のあるＯＥＤ（オックスフォード・イングリッシュ・ディクショナリィ）をお引きになればわかりますが、これは戦争のない状態、あるいは交戦していた二国もしくは数か国が戦争を止めたことを意味する、あるいは平和条約、戦争の最後に結ばれる平和条約を意味するということはでておりますが、道徳的な意味で、人が相和するという意味では絶対に使われておりません。ところが日本では、この政治概念にすぎない平和がいまでは道徳概念のように使われ出してきてしまっている。みんなそういうふうに使っている。今お話しした民主主義や平和に限らず、抽象的な言葉を使うときにはよほど言葉を吟味しないと両者の間で使っている意味に違いがあるということがわからない。そこでタブーでありますが、この言葉もみんな使っているのですが、この言葉を考えるにはまずタブーというのはどういう意味なのか、その定義を考えておかなければならないと思います。

タブーの意味

タブーというのは元来ポリネシア語でありまして、タブーは tabu ですが「タ」というのは英語で言えばマーク、あいつをマークしろとかいうマークです。「ブー」というのはエクスィーディングリーということ、特別にという意味です。特別に注意しなければならないもの、特別に気をつけなくてはならないものというのがタブーの元来の意味であります。タブーには固有のタブー、あるいは自然に発生したタブーと、人為的なタブーの二種類に大別できますが、いずれの場合にも使われるのは、軽々しく近づけないものということで、うっかり近づくと超自然の罰があたる。そういうものがタブーなのです。つまり軽々しく近づけない超自然的なものというふうに定義したらいいと思います。

このタブーには一般の人間は近づけない。しかし、ある方法を会得してそれに近づける人間がいるわけです。それは原始社会や未開社会、今日の日本でもある地方へ行けば残っていますが、たとえば恐山《おそれやま》の巫子《みこ》とかいうものがそうです。そういう人たちは、一般の人に禁じられているものにでも超自然の怒りに触れずに近づき、その神なり超自然の心を知ろうという役割を演ずるわけです。このように、それに近づくと罰があたるというのはあくまで自然発生的なタブーでありますが、一方人為的なタブーとは王様とか酋長、あるいは聖職者、そういう人たちが一般の人に課したタブーをいうのです。その人たちが一つの拘束の戒めともいうべきものを一般人に課し、それに背いた場合に罰が下ると言うのです。ある場所には近づいてはならないとか、ある時間内はこういうことをしてはならないとかいうタブーが課せられるわけです。そういうタブーというのは、王様とか酋長とかその共同体のボスだけが持っているのです。さらにこのタブーから派生してくることですが、その王様なら王様の着たもの、王様の食べ残したもの、これがタブーになるのです。そういうものは神聖化されて、それをいただくことのできる資格は王様が決めて、功績のあったものにそれを与えるのです。これはタブーの派生的なものですが、今度は人民たちにタブーを課する人にもまたタブーというものがある。たとえば王様は一人森の中に住んでいなければならないとか、起きているときでも眠るときでも玉座から離れてはいけないとか、また女性に触れることができないとか、そういうタブーがあるのです。もしそのタブーを犯すと、たとえば部落の人間が漁に出ていると嵐がおこって船が沈んでしまうように考えられている。だから王様はそのタブーを破らないように気をつける。部族のためにもそういうタブーを自分で守らなければならないということになっている。同様に部下の者も、たとえば未開社会で最初にできた木の実は、王様より先に食べてはいけない、それが一種のタブーになっているわけです。このようなものは部族なりあるいはもっと大きな共同体なりのボスに課せられたタブーですが、もう一つ多いのは女性に課せられたタブーです。

女性というものは特別視される。女性であるが故に永遠にそのタブーから抜け出せないという場合もありますし、たとえば、妊娠中の女性には近づけない、夫といえども近づけないというタブーがある。さらに生理時期の女性には近づけないというタブーもある。しかしこういうのは、ただ単なる迷信として一蹴できないのです。もっとも、厳格でありすぎるという場合はありますが、やはり科学的な根拠があったり道徳的な根拠があったりするのです。やはり妊娠中の女性とか、生理期の女性には近づかないほうがいいのであって、これは科学的にもそういえるだろうと思うのです。それが少し度をはずれると、未開社会では女性は生理のときに隔離される。しかしこれも必ずしも度をはずれたともいえない。いくらタブーを課しても夫婦の間でそのタブーを破るかもしれない。怪しいものだということで隔離する。隔離しておけば、それに近づけば見つかってしまうわけですから、隔離することもやっぱり必要性があるわけです。ただその期間内に女性が使った器だとか何だとか、そういうものはけがらわしいものとして焼却されるということになると、これは科学的にも道徳的にも根拠はあまりないといえます。それからもう一つ女性に課されたタブーに、親戚の中の男性を見てはいけないというのがある。

これは道徳的な一つの必要性からきた、ある意味で合理的なことでしょう。なぜなら今日のようにこう広くもなく、男女のつきあいも自由ではない未開社会では、近親相姦というものが起きる。その危険を防ぐためにお嫁さんは亭主の父親の顔を見ないようにする。これはやっぱり必然性というものがあるのです。いずれにせよ、このタブーを破ると、自分自身及び自分が属する共同体に何か非常に害があるということが、タブーをみんなが恐れた理由なのです。

現代のタブー

それでは、今日そういう意味でタブーとは何かと言うことが問題になってきます。現代は非常に自由の世界である。言論の自由があり、ポルノまでかまわないということになっている。しかし、これほど自由な現代でありながら、タブー、それも見えざるタブーというものがあるのではないかと私は思っているのです。原始社会においてははっきりタブーを打ち出します。だから、そこにあるのは見えざるタブーではなく、はっきり目に見えているタブーであります。今日はタブーを全部捨てた、あるいはタブーはいけないという。これは自由世界あるいは自由主義というものの建前であります。だから見えるタブーはないわけです。何を言ってもいいし、何をしてもいいという形になっている。せいぜい人の迷惑にならない程度にということが注としてついている位です。したがって、現代は何をしてもいい、何を言ってもいいはずなのですが、その実、未開社会よりかえって今日の方がタブーは多くなっていると私は思います。

最近日本赤軍の人質事件が起きました。犯人達はマレーシアのクアラルンプールでアメリカ領事をはじめ数十人を人質にして、逮捕されている日本の活動家七人を釈放しろ、そして彼らを飛行機で連れてきて、あとは自分たちの指定するところへ連れて行けという要求を出した。私はそのとき「またか」と思って腹が立って、すぐにサンケイ新聞に書いたのですが、それはまだ日本政府が日本赤軍を釈放する決断を出さない前でした。そのとき私は、「どうせ日本政府は釈放するに決っている、しかし、断固としてそういうことはやるな」ということを書いたのです。そのとき私が考えたことは、たとえば浅間山荘のときにもそうだったのですが、なんで人質ごと一緒に殺してしまわないかということでした。こういう時には人命尊重というのが必ず出てくる。しかし人命尊重ということについて私は非常に疑問に思っておりまして、そのことを短い紙面で意を尽せませんでしたが新聞に書きました。人命尊重というのは今日のタブーです。「人命なんかかまわない」とひとこと言ったら大変なことになる。さっきの民主主義も平和もタブーであります。しかし、世の中に絶対的なものはあり得ないのですから、私たちにはあらゆるものに対して疑問を提出する権限はあるはずです。だからたとえば、民主主義というのはいいところもあるが、こういう欠点があるじゃないかと言ってもかまわないわけです。それから言論の自由についても野放図にやってはいけないのではないかと注意を与える自由はあるはずです。そうしないと言論の自由は成り立たないのであって、言論の自由というものがある以上、「言論の自由を否定する言論の自由」も許さなければならないわけです。ところが言論の自由というともうすべてが自由であるかのように思って、このような言論は押さえられてしまって誰もそのことに気がつかない。つまりそこには目に見えないタブーがある。だがそのことがわからなくなっている。だから諸君は、いまの世の中で目に見えないタブーというのを見つけるのに、虎視眈々としていてよろしいのです。いまの人命尊重についても、一度は「なぜ人命は尊いのか」と極端に考えたほうがいいと思います。人命尊重というのはなぜいいのか、なぜ人を殺してはいけないのかと一応考えたほうがいいと思うのです。

今の世の中では人命尊重ということから、殺人が一番悪い犯罪になっていますが、私は人質犯罪は、殺人以上に凶悪な犯罪であると思うのです。つまり人の弱みにつけこんで、人質をとってお前がいうことを聞かなければこいつを殺すぞという、これくらい悪い犯罪はない。もしかれらの要求をいれて人質の命を助けるために、明らかに犯罪者として逮捕している人間を釈放するということになれば、国家、政府の権力がかれらよりも弱いということを立証することになるのです。これができればどんな犯罪でもできる。こうして日本の国家全体を否定するようなことを要求しても、人質を持ってさえいればできるのだという観念を人々に植えつけてしまう。これは実に大きな問題だと思うのです。五十人の命を助けるために、一億人の人間を危険に陥れる可能性を与える。そんな場合には、一億人に比べれば五十人なんかたかがしれているのだから殺してしまえばいい、というのが私の考え方です。これは非常に冷酷に聞こえるかもしれませんが、決してそうではないと私は思うのです。もっともヨーロッパならこれをやりそうですが、この頃では自由世界も非常に弱くなってまいりまして、そうはやれないようです。この数年の内の唯一の例外は西独におけるオリンピック選手です。あのとき、西独は人質にされたオリンピック選手たちにかまわずにアラブ・ゲリラを射殺する行為に出たわけです。イスラエルがやっぱり小学生を相手に同じようなことをやりました。では小学生やオリンピックの選手ならかまわないが、相手が大使とか領事だとかいうと恐がってしまうということは、流行の言葉を使うとこんな差別は許されないはずです。人命というなら、小学生の命もオリンピック選手の命も人命なのであって、大使や領事だけが特別の人命を持っているわけではない。しかも大使や領事ともなれば国家間のいろいろな問題を考える責任と自覚を持たなければならないわけで、自分の身を犠牲にしてもかまわないくらいの自覚を持たなければならない。私がそういうことを書けばみんな冷酷だと思うかもしれないが、じゃあ読者諸君はどうか、と言って私はその新聞に次のような意味のことを書いたのです。みんなテレビや何かで見ているだろうが、岡場所の女が悪人に捕まえられて短刀を突きつけられている。それを高橋英樹みたいなのが救おうとすると、悪人が、お前がもし俺に向って切りつけてくればこの女を殺すぞというときには、大抵その女は黄色い声をはりあげて、私なんか死んでいいからやってちょうだいというのです。その点岡場所の女のほうが現代の政治家よりもはるかに自分の命を捨てる勇気を持っている。だから、見ているお客は感動、というと大げさですが、少なくともその女性に好意を持つだろうというふうに書いたのです。するとその日に、ある新聞社から電話がかかってきて、「いままでそういうことを考えていた人もあるけれども、あんな乱暴なことを書いたのはあんた一人だ、だからひとつ意見を聞きたい」といってきました。私はそんなことを書いて別に自分の勇気を自慢するわけではないのですが、そういうことを言うのがタブーになっているのですね。先ほどの人命尊重ということですが、人命が尊いというのなら、一体何故に人命が尊いのかということを十分に納得させなければならない。人命が尊いというのは、人間が、さっきの岡場所の女のように「私を殺していいから」というふうに自己犠牲の精神を発揮しうる動物だからでしょう。人間は豚を食ったり肉を食ったりしていますが、人間がほかの動物より尊いというのは、人間が他人のためにあるいは共同体のために自己を犠牲にするという精神を持ち得る動物だからです。

ところが、そういう場合にそういうことができないのなら、それは人命とみなす必要はないので、それは豚命あるいは牛命とみなしてもよろしい。だからそれは殺してもよろしいというのが私の考え方なのです。

しかし、そういうことが言えない、言いにくいというのが現代の風潮です。さきほどの民主主義もそうなのですが、「民主主義なんか糞くらえ」といったっていいのです。しかし、そう言うと「糞くらえとは何ごとだ」と言う人が必ずいる。どっちのほうが正しいかということで言論の自由というものが成り立つわけですが、民主主義ということになるとこれはもう絶対にやっつけてはいけないというタブーになっている。すなわち、ここには言論の自由はないわけであります。それからもう一つ例をお話しします。さきほどの原稿を書く数日前ですが、広島の大学の新聞部からインタービューがあって、八月六日の原爆記念日について意見を聞きたいと言ってきた。それで私は、「馬鹿もいい加減にしろ」といったのです。原爆記念日などというのは負けの象徴であって日本人にとっては不名誉なことなのだ。あの当時日本でも原爆をつくろうとしていたが、日本人の知能あるいは経済力とかいったものがアメリカよりも劣っていて、要するにアメリカの方が先につくってしまった。それで原爆を落されたということは、日本にとって特権ではなくて屈辱なのであって、恥ずべきことはあんまり大げさにしないほうがよろしい。ましてそれを記念日にすることはない。記念日にするのならひそかに自分の心の中で、「これからやっつけてやろう」ということで記念日にするのならいいが、そうじゃなくて「広島から世界に平和を」というような思いあがった気持は一体何か、原爆を落とされるような人間に原爆を止めさせる力がありますか、そんなことは決してありえないと私はその学生にいったのです。「あれは商売でやっているのだから、そんなものは相手にする必要はない、私は平和記念日とか平和とかいうものに興味をもっていない。もっと大事なことはたくさんある。第一平和というのは一体何だ、平和になったらどうなったのだ、平和というのは戦争がないということにすぎないのだ、それよりも大事なことは愛とか信頼とかいうものの回復ではないか、それは戦争とか平和とかいうことと全然次元が違うもので、戦争のときにも平和のときにもその問題は依然として存在する。むしろ戦争のときにかえって自己犠牲とか愛とか信頼とかいうものが強く発揮されることがある。だからといって、私は戦争のほうが平和よりいいとは言わない。しかし、平和ということ自体には何の価値もない」というようなことを言うと、その学生はびっくりして、「そんなことはいままで誰も言わなかった」という。つまりそんなことを言うのはタブーになっているからであります。

そういうタブーを探し出すともうきりがないと言ってもいいのですが、とにかくいま新聞や学校の教科書に出ていることは全部タブーだと思ったらいい。さきほど申し上げたように、何々をしてはいけない、何々をしろというふうな教えなり風潮なりが出て来た場合には必ず疑ってかかってみたらいいと思います。

私は京都産業大学で月に一回教えていますが、あるとき学生に、おどしをかけようと思って侵略戦争というのはいいのだと言った。そしていけないと思う人は手をあげてみろというと、何人かバラバラ手をあげました。そこでなぜいけないのかと聞くとよく説明はできないんです。つまり、なぜ侵略してはいけないのか、なぜ人を殺してはいけないのかということをはっきりと論理的に答えられる人はいないのです。たとえばドストエフスキーの小説に「罪と罰」というのがあります。あの中でラスコリニコフはなぜ人を殺してはいけないのかという問題にぶつかるわけです。ただラスコリニコフがそのときひとつ弱かったのは、金貸しの老婆を殺してしまったことです。つまり、彼はせっかく自分につきつけた疑問を、世の中のためにも何の役にも立っていない、それどころかむしろ害をなしているような人間をなぜ殺してはいけないかという問題にすりかえてしまったのです。あの時代にはナポレオニズムというのがヨーロッパを風靡していまして、後進国ロシアにもその頃ようやくそれがはいってきた。英雄主義、英雄崇拝です。そのナポレオンは、戦争のときに敵ばかりでなく味方も殺した。つまり湖に氷がはりつめていて、その上を味方の軍隊が進んで行く。ところが敵軍が向うからくるとそこに大砲をうち込む、そうすると敵も死ぬが味方も死ぬ、しかし差し引きすると敵の死者のほうが多い、そういうことでも平気でやったのです。しかも彼は英雄としてあがめ奉られている。彼は平和のときには政治家として立派な業績を残している。ところが、ラスコリニコフに言わせれば、人間には二種類あって、自分のやりたいことをやる、あるいはやれる人間と、常に法律とか道徳とかの前に小さくなって何もできない人間とがいる。後者はこれを蚤だという。だから人間はナポレオンと蚤の二種類に分かれるのであって、道徳とか宗教とかいうのは、みんな嘘っぱちで、それはただ弱者を押さえる、つまり蚤を押さえるためのものにすぎないというふうに彼は考えたわけです。それが当っているかいないかは別問題です。そういうふうにラスコリニコフは自分に疑問を提出して、俺はナポレオンなのか蚤なのかという実験を自分に課したわけです。そして実験の材料として金貸しの老婆をえらんだ。本当ならばラスコリニコフとしては、金貸しの老婆でなくて、もっと善良な人を探して来なくてはいけなかったわけです。ところが彼は、世の中に害しか与えていない人間だと殺してもいいのだという気持をおこした。だがそれではナポレオンではないのです。金貸しの老婆を選んだということは、もうナポレオンでない証拠なのですが、そのときはラスコリニコフはそれに気づかなかった。そこで敗北がすでに始まっているのだけれどもラスコリニコフは気づかない。それでついに老婆を殺して名検事ポルフィーリイにだんだん問いつめられていきます。しかも一方で、純粋無垢なソーニャという少女にめぐりあいます。彼女は飲んだくれの親父をはじめその家族の生活を維持するために自分は身を売っているのですが、非常に信仰が深く、神様はそれをお許し下さるだろう、あるいは罰せられても仕方がないというふうに考えている純粋な女性なのです。それでラスコリニコフは彼女に自分の思想を話すのです。どうしてあんなやつを殺して悪いのかというと、ソーニャはとんでもないことだ、あなたは恐ろしいことを考えている、人間の思いあがりもはなはだしいと言って自白を勧める。そして、四つ辻に行って大地に接吻して、神、人類に詫び、その足で警察に行って自白しろという。最後にラスコリニコフはそうするのです。そしてシベリヤ送りになり、ソーニャは一緒についていっていろいろ面倒をみて、その間にラスコリニコフは改悛するというのが「罪と罰」のあらすじであります。

このようにラスコリニコフはなぜ人を殺してはいけないのかと考えたわけですが、そういう意味で言えば、私たちはなぜ侵略戦争がいけないのかと考えてもいいわけです。戦争というのはみんな侵略戦争ではないかということを言ってもかまわないはずです。ただやり方が悪かったとか、勝つ力がないのにやったとかいうことはあるかもしれないが。といっても私はこの大東亜戦争や日華事変を肯定しているのではないのです。とにかく肯定するにしろ否定するにしろ、戦争にはある一つの空気があって、戦前には歓呼の声に送られてというふうに騒いでいたのに、戦後は侵略戦争はもういけない、日本は間違ったというような空気にパッと染まってしまって、人々はそれに対して一つも疑いを抱かない。すなわち戦前にも戦後にもタブーはあるのに、誰一人それに対して「なぜだ」といって開き直ることをしない。さらに戦前と戦後の違いは、戦後のタブーは見えないということです。隠れみのを着たタブーである、忍者タブーであります。端的にいえばタブーであるという顔をしていないのです。だからそれはあたかも真理であり正義であるかのような顔をしている。

私はいろんな評論を書いていますが、それはタブーをぶち壊すためにやっているだけの話です。政治家及び政治学者という人たちはみんな業界の約束がありまして、うっかりタブーを破ると業界からつまはじきされて食えなくなってしまう。しかし私は野次馬で外部の人間だから一番やりやすいというだけのことにすぎない。だからタブーをやっつける。学生諸君なんていうのは殊に立場上拘束がないのですから、もっとタブー破りをやったらいいと思います。しかし注意しなければいけないのは、ただタブーはぶち壊してしまえばいいのだということではないということです。これには方法がある。タブーに近づくには慎重にしなければならないのです。そこで次にこの点に関して、私の理解している限りで孔子のことについてお話しいたしましょう。

タブーに近づく方法

孔子はご承知のように賢人、哲人でありますが、同時にただ単に道徳を説いただけではなくて、国は道徳をもって治めなくてはならぬという意味で政治に近づいた人です。だから方々の王侯、君主に近づいて人の道を説き、政治の道を説いたわけです。その孔子はどういう家柄かというと礼の家柄です。礼の家柄というのは、たとえば中臣鎌足が神祇伯で日本の神祇の家柄であるのと似たような役割なのです。この礼というのは抽象的に解釈してはいけないのであって、ここに諸橋さんの「大漢和辞典」にそれがどのように出ているか調べてまいりましたので大体のところを申しあげます。まず礼とは「履《ふ》み行うべき法《のり》」とあり、それからそれをなお細かく注釈して、「人と交り、世と接し、鬼神につかえて、理にかない、生をとげるために守るべき儀法」とあり、更にそれを説明して、「外形を修めて内心を正す」のがその特色とあります。第二の意味として、「威儀。坐作《ざさ》進退の一つ一つの定め」というのがあります。それから五に「儀式。敬意を表する式」、六には「供え物」神への供え物というのがあります。八に「貴賤上下の別」、九に「国家の法制」というのがあります。一体この礼（禮）という字はどうしてできているかというと、神、しめす扁ですね、神事を表わす「示す」と「豊」とが合したもので、「豊」は神前に供える器の総名です。「豆」も器で、豆とその上部の象形の部分との合字が「豊」です。だから礼というのは人に真心を尽すというような抽象的なことではなくてもっと具体的な姿が示されているわけで、孔子が礼の家柄であるということは、その儀式、作法など具体的なことを全部知っている、その専門家だということなのです。

たとえば日照りが続くと、皇帝なり王様なりが、現在北京には清朝の天壇というのが残っておりますが、天壇に行って雨が降るように祈るわけです。それは、日照りがこんなに続くのは天が何か人間に警告を発しているのではないか、あるいは人間が何か悪いことをしたのではないかと、天の心を聞こうとするわけです。そして許しを乞うて雨を降らしてもらうようにする。そのときにそこにお供えをしますが、その供え物を入れる器は、酒を入れるものとか、穀物を入れるものとかいろいろあって、それをどこへどういう順序に並べるかということを知っていなければいけないのです。もう一つは、その場合に皇帝なら皇帝を中心にして、どういう順序でみんなが並ぶか、そしてその式次第、どういうふうに進めてどうやっていくかということ、そういうことの専門が孔子の家柄なのです。だから礼というのは、お前は無作法だとか礼儀がないなどという、そんな単純なものではなく、国家の法制というようなものにもつながってくるのです。それから孔子はみずから神を語らずと申しますが、孔子は鬼神を信じていなかったわけではない、むしろそれを信じた上で鬼神というものは語るべきものではないというので語らなかった。だから論語には、鬼神についての言葉というのはないのです。礼の大家であるということは鬼神というものを前提としなければ出てこないのであって、だから礼の第一の意味に「人と交り、世と接し、鬼神につかえて、理にかない、生をとげるために守るべき儀法」というのがあるわけです。すなわち、鬼神を前提として、人の窺い知れないもの、人間の心では窺い知れない超絶者というものの存在をはっきり意識して、そしてその心を窺ってタブーを解いてもらうというのが、礼の最も重要な仕事なのです。それはタブーに近づく方法なのですが、現代においてもタブーは存在しているのですから、礼の問題とてらしあわせてそれに近づく方法というものを考えなければいけないのです。

天ばかりでなく実は人というものもやはり窺いしれないものです。だからそれに近づくにはやっぱり礼が必要なのです。いかに相手を信頼していても、その人がどんな気持を持っているか、自分の行動に対して相手はどういう気持ちになっているかを考え、自分はその人全体を理解しつくしたというふうに思いあがってはならないということ、これが前提になければいけないのです。それは天意と同じなのです。これは私がよくひく例で、オスカー・ワイルドの作品の中にある話ですが、ある若い婦人がウィンダミヤ夫人という貴婦人の催したパーティーで、声をはずませながら「私たちは理解し合ったので婚約しました」と言うと、ウィンダミヤ夫人が「あらとんでもない、理解というのは結婚の最大の障害よ」と言ったので、その若い婦人は啞然としてしまったというのです。オスカー・ワイルドは、そういうウィットの名人ですが、これはウィットにしても非常に真実をうがっていると思う。というのは、よく理解したというけれども、それは自分が理解したように相手を理解しているだけなのです。オスカー・ワイルドの言おうとしたことはどういうことかと言えば、お互いに理解したと言って相手を自分の理解力の中に閉じこめてしまうことの危険です。そのような理解のしかたをしているから、相手が自分の理解している以外の行動をするとそれを裏切りだと思うのです。それはただ自分が相手を十分理解していなかっただけなのですが、それを「理解、理解」といって、相手を自分の理解力の圏内に閉じこめてしまうことは実は、相手に対する非常な無礼であり、抑制なのです。だからオスカー・ワイルドの言ったことは、必ずしも単なる冗談や機知ではないのです。他人というものは理解し難いものである、みんなが自分のわかっていないものを持っているのだということを承知していなければいけないのです。そういう他人に近づくためにはやっぱり礼儀がいる。さらに言葉の上では敬語がいるのです。敬語といえば、それが使えないのがインテリの証拠だと思っている人間も多いし、若い男性では敬語を使うことは若さの沽券にかかわると思っている人もあるようですが、敬語というのも、やはり未知なるものに接近するための一つの技術なのです。よく日本語を論ずる人たちは日本は敬語が多すぎるといって、それはタテ社会で上下の差別がきびしかったからだというけれども、そんなことはないのであって、それは親疎の関係も充分表わすのです。だからときには、身分の上の者が下の者に敬語を使うことがあります。それは相手を自分の理解力でもってすっかりわかったというふうになめきっていないということです。これが敬語というものなのです。

それからもう一つ申しあげたいのは、タブーに近づく方法とは、何も堅苦しい礼儀のみではないのであって、ウィットとかヒューモアとかいうものもタブーを解く手段なのです。この点に関して言えば、日本人は、少なくとも明治以後の日本人はそれが足りなすぎるのではないかと思います。全部が正義派になってしまっている。自分がみんな正しいのだというふうに、正義の士、憂国の士になっていて、ヒューモアが一つもない。私はそういう堅苦しい憂え方というのは、かえって逆効果になりはしないかという危惧を抱くのです。と同時にそういうのをやっつける人間にもヒューモアがない。これは現代の日本人の欠陥だと思います。つまり笑いは不真面目なものであって、眉を吊りあげなければ真理は語れないというようになっているが、それが一体いいことなのかは、大いに疑問があります。ヒューモアというのは、元来は粘液質とか多血質とかいうような人間を体液によって四つに分けたものから出て来たのです。エリザベス女王時代にベン・ジョンスンが、コメディ・オブ・ヒューモアズというものを書いていますが、これは「気質喜劇」ということなのです。ヒューモアというのはこの場合「気質」なのです。

それはなぜかというと、いま言いましたように多血質とか粘液質とかいうのは一つの気質なのであって、それはどうしようもない。本来の人間の性格としての気質、たとえば非常に神経質だとかあるいは図々しいとかいう気質、そういう性格や気質から生ずる喜劇を書いているのです。元来そういう気質を意味したヒューモアというものは、結局は自分の場合も他人の場合もなかなか思うにまかせない、どうにもならないもので、それを客観視するところからヒューモアが出て来るのです。所詮人間というのはどうにもならないものだという諦め、それを暖かく見ている気持、そこからヒューモアが出て来るのです。イギリスのディッケンズは非常な貧民階級を書いていますが、そういう場合にも資本家をむごく、あるいは許せないような形では決して書いていないし、そういう人間の中にも暖かい同情を注いでいる。それから貧民の中の弱点も書いています。だからそういう人間が貧しい中にも一種の楽しみを見つけて生きて行く姿も書かれている。そういうところからヒューモアが出て来るのです。諸君は若い世代としてヒューモアの大切さということに目覚め、まじめな学問とか真理の追求と同時に人間性としてのヒューモアというものを大事にしていただきたい。それは現代のタブーに近づく有効な手段であり、技術であると私は思うのです。

〈学生との対話〉

目に見えないタブー

学生A　現代のタブーを見えなくしている原因はどこにあるのでしょうか。

福田　それは直接的には敗戦ということがあって、その波にのった人達が一つの風潮をつくりあげてしまったということがありますが、もとを質せば先進国が二つできたことにあると思います。先進国に追いつくという進歩主義は明治以来ありましたが、その場合考えていた先進国というのは欧米諸国のことでした。それがロシア革命以後には先進国が二つできてしまったんです。ソ連という共産主義の国ができてしまった。そしてマルクス主義によれば、資本主義社会は内部矛盾というものから社会主義社会、共産主義社会に移行するということが定理になって、それがみんなの頭の中にしみこんでいるわけです。共産主義者でなくてもそういうふうに思いこんでいる。たとえば「権力」というと必ず悪い意味に使われているが、外国だったらパワーのない政府というのはだめだということになっている。ところが日本では、政府は権力を持ってはいけない、権力を行使してはいけないというような風潮がある。そういうのは結局マルクス主義が、目に見えないタブーとして浸透しているからです。おそらくみなさんの中にはマルクス主義者は非常に少いだろうと思いますが、そういう人たちでも、権力という言葉のつかい方はおかしい、それはマルクス主義からきているのですが、そのことがおわかりにならない。権力というものは悪しきものという考え方とか、政府と国家を混同するとかすべてそうなっているんで、これは戦後いつのまにか徐々にそういうふうになってきた。そのもとを質すと先進国が二つできて、いずれは資本主義国は社会主義国あるいは共産主義国になるとすれば、結局共産主義びいきにならざるをえない。だから人々が北朝鮮の独裁には平気でいて、非常に狭い幅ではあるけれども、民主主義体制をとっている朴政権を悪くいい、批判するというのは、みんなそういう考えから出ているのです。相手がこわいからとか、軽蔑しているからとかいうことではなくて、共産主義国だからひいき目でみるのです。勿論すべてがこれだけで解けるわけではありませんが、それがかなり大きな理由になっているというふうに思います。

ヒューモアとは何か

学生B ヒューモアとは一体どういうものなのか、もう少しお話をうかがいたいと思います。

福田 大変むずかしい問題ですが、たとえば日本語で「許す」という言葉があります。これは「ゆるくす」ということの「く」が音便で「ゆるぅす」になって、「ゆるす」になったんです。それからそれと反対の言葉で狭い、「せまし」という言葉があります。この言葉は、相手と自分との間柄を狭くするということから、敵を攻めるということにもなるし、相手に迫るという言葉にもなり、それから責任を責めるというふうにもなります。そこで私の言うヒューモアというのは、論じている対象、あるいは戦っている相手との間の距離を広くする、ゆるくするということなんです。それが許すことになるわけです。それは、何でもいい加減に「寛容と調和」でゆくのだなどという意味ではなくて、距離をおくということです。自分に対しても他人に対しても、それから論じている対象に対してもいつでも距離をもって眺める。たとえば夏目漱石は、自然主義の連中から余裕派といわれて軽蔑されましたが、漱石の小説観からいえば、人生や社会、それから政治もやはり距離をおいて眺めなければならない。漱石にいわせれば、自然主義の人間はそれを真剣勝負で自ら体験していなければ文学が書けないということになる。こういう考え方は、プロレタリア文学にも通じるので、自分が坑夫や人夫、あるいはプロレタリアートの生活をしなければプロ文学は書けないというふうになってしまう。しかし、これは誤りで、やはり漱石のように距離をもって対象を眺めるという考え方が正しいのだと思います。みんなが苦しんでいることもはたから見れば喜劇になるということがありうるでしょう。すべてがそうだとは言いませんが、それが私はヒューモアのもとだと思います。だから自分が賢明であり、まじめであり、そしてある線に向かって努力するのはいいけれども、それを眺めている自分というものはキリキリ舞いしない、つまり距離をもつということは実に大事なことなんです。それは、人間と人間との付合いの潤滑油の役割をするのです。

（昭和五〇年八月一〇日／於・阿蘇国立公園）

講義4

人間の生き方、ものの考え方

自由とは何か

ただ今、御紹介いただきました福田でございます。本日は「人間の生き方・ものの考え方」という題に致しましたが、考えてみれば、この中にはすべてのことが入って来ますから、余りに大きな題を掲げてしまったという気がします。しかし、現代の評論でも、文学でも、芝居でも、あらゆる文化現象を見ておりますと、すべて人間不在の議論ばかりが行われているように思います。言葉や観念が人間から遊離している。その遊離した借り物の言葉や観念だけを組合わせて物を言っているだけで、自分の生活にはもちろん、欲望や情熱にも結びつかない。もちろん、人間は言葉を道具として使う。が、私達が生まれてきた時には、それより先に道具としての言葉があったのですから、その道具の在り方や目的にそって、それを使わなければなりません。ということは、正確に言えば、私達は言葉に使われているのです。それでいい。それができれば大したものなんですが、今日では、大抵の人が使いなれない道具としての言葉に操られ、振りまわされているとしか思われません。

たとえば、「自由とは何か」ということをまず考えてみたいと思います。自由という言葉は、ことに戦後、大いにはやっている言葉ですが、今日使われている自由だとか、平和だとか、民主主義だとかいう言葉は、腹にもないことを、ただこれを言っていさえすればいいんだというように使われているように思います。自由という言葉はいつでも平等という言葉と一緒に使われていますが、実はこの二つは相反する概念です。ですから自分の自由を主張し、押し通すためには、「自由」と書いてあるプラカード掲げ、相手が自由を主張してきたら、それを抑えるために、プラカードを裏がえす。そこには、あらかじめ「平等」と書いておいてある。これが今のやり方なのです。第一、自由だの、平等だの言ったって、本当に皆そう思っているわけではない。そもそも人間には自由というものが本当にあるか、自分は果して自由というものを本当に欲しているのかと真剣に自分の心をみつめることをしないのです。つきつめて考えてみると、私は、自由というものは絶対にないと思っています。そういう意味では、私は運命論者だと初めにはっきりお断り申し上げておきます。

第一、皆さんは生まれる時に自由意志で生まれて来たのでしょうか。生まれるという言葉は、生むという言葉の受身の形です。英語でも、アイ・ウォズ・ボーンという受動態です。母親によって生みつけられたのです。英語の場合ですと、独立語であるために、BE動詞に過去分詞がついて、受動態であることが形の上ではっきりしています。しかし、日本語の「れる」「られる」（文語の「る」「らる」）という助動詞は、受身にも、尊敬にも、可能にも使われますし、自然発生的な状態にも使われますから、はっきり受動態だという意識は持ちにくいのです。これは、日本語が膠着語であって、「生む」と「れる」の間に、はっきり切れ目がつけにくいということもあると思います。だから「生まれる」という言葉を自然発生的に理解するのです。それも深い意味でなら、立派な認識ですが、浅薄に考えると、自他の対立・区別がつかない、あるいはその意識が弱いという意味で、日本語の弱点とも言えます。が、ある意味で言うと長所でもあります。つまり、生まれるという言葉は親に生みつけられたというよりも、自然というものに生みつけられたということを示している。すなわち大自然というものが主語であるとも考えられます。そもそも受身が自然発生的な意味を持つというのは、ある意味では日本人が素直な物の考え方をしているからだとも考えられます。自分を超えるものとして、大自然というものを心に感じている。これは日本人の民族性として、見逃すことのできない一つの特徴ではないかと思います。従って「生まれる」というのは、必ずしも母親に生みつけられたというのではないので、自然が自分を後から押し出して、自分を生ぜしめたという意識が、日本人の中にあるということを示しているのではないかと思います。

ある意味では、古代ギリシャの人たちなどにも、そういう考えがあったようです。例えば、アリストテレスは自然と人為（人間）を対立的に考えた最初の人だと言われますが、必ずしもそう言い切れないところがあって、やはりこれを連続的に考えているところがあります。人間の作る道具は、人工品で自然と対立する物と考えられますが、人間もまた自然物だとすると、その自然物が作ったものは、やはり自然物である。そういう考え方がアリストテレスの中に窺われます。自然物と人間とを対立的に考えるようになったのは、大体西洋でも近世以後であり、特に近代になってそれが強くなって来ました。自然科学は自然を征服するという考え方であって、それはいわば人間を神とする思想です。しかし人間はやはり自然に支配されるのだというように思った方がいいのではないでしょうか。

先程、私は運命論者だと申しましたが、例えば皆さん方の中には、私の考え方について行けると思う人もあり、ついて行けないと思う人もあるでしょう。それは皆さん方の生れ育った時代や環境や性格から出て来るのであって、それらのものから全く自由に、私の意見を選択することはできないのです。学校教育ばかりではなく、家庭、友人、読書、そういうものによって、いつの間にか判断の基準が作られている。すべては何かの行きがかりであり、偶然であり、縁なのです。だから、すべては因果の必然によって貫かれており、ある方向を目指して、着々と目的を達成するために動いて来たと考えるのは嘘である。皆、いつの間にかそうなって来ている。私は人間の生き方や考え方をそういう風に思います。

自由という問題でも、皆さんは戦後の日本人の中で、当然のこととして受入れるように仕組まれてしまっている。だから皆さんは何故自由でなければいけないのかというような質問をしたことはないでしょう。初めから、自由というものはいいものだと、文句なしに受取る。そういう風に受取れるように、あなた方は洗脳されて来たのです。洗脳ということ、全体主義国家の精神改造のような、どぎつい感じがするでしょうが、もう少し間接的な意味で、われわれはその時代に洗脳されながら生きているのです。私は運命論を信じていますが、それは何もしないでいるということではありません。たとえ運命に逆らってまで、やりたいことをやるといっても、結局は運命によって決められたものと思うのです。すべては運命だ、自由は無いんだとなったら、何もする気がない。きっとみなさんはそう思うでしょう。が、それは嘘です。自由はない。運命に動かされているんだと言われても、やりたいことはやってみたいという人もいるし、人間は自由だと言われても、その自由を発揮できず、行き当りばったり生きる人もいる。人は皆そういう風に運命づけられているのです。真の自由というのは成否にかかわらず、やりたいことをやる充実した生き甲斐のことだと私は思います。

「自分」からの自由

そうすると、一体自分というものの自由はあるのか。どう考えても自由というものはないと考えた方がいいと、私は思います。その次に、自由という問題について考えるべきことは、皆が口々に自由、自由と言っていますが、人間は本当に自由を欲しているのかということです。元来自由というのは、消極的概念でありまして、つまり、病気からの自由、貧困からの自由、権力からの自由というように、自分が何かによって邪魔されないという程度のものなのです。しかし、自分が何かをやりたいと思うとき、それを邪魔するもの、つまり壁は必ずあります。規則も壁であり、いわゆる交通道徳のようなものも壁であります。すべて壁ならざるはないのです。何かやりたいことがあるという時には、――もっとも私は皆さんのうちに、本当にやりたいものがあるかどうかを疑っているのですが――方々に全部壁が張りめぐらされてそれが障害になる。その時、私たちはいろいろの工夫をして壁の向うへ行こうという努力をする。それが一種の積極的な自由なのですが、今の人びとは、壁のない状態を作るのが自由だと考えているのではないでしょうか。

自分が本当にやりたいことがあるかどうかが問題だと申しましたが、仮にそれがあると仮定しても、戦後はやたらにやれない理由を皆に教えるようになりました。これが戦前と戦後の大きな違いだと私は思います。戦前は、やれないのはお前が悪いからだ、お前の力がないからだというのが基本的な考え方だった。ところが、戦後は、やれない原因はどこにあるのかと問いかけ、例えば政治が悪いとか、社会制度が悪いとか、すべてその理由を自分以外のところに沢山用意するようになった。こうしてうまくいかない理由を引出しの中に沢山用意して持っていることが、知識人というものの役割らしくなりました。何か問題でも起きると、新聞は必ず知識人の意見を聞きます。その時、世の中がうまくいかない理由を説明する弁護人の役割を果すのが知識人です。弁護人は依頼者自体に悪いところがあるとは絶対に言わない。必ず相手が悪いと言う。夫婦喧嘩の場合などでしたら、悪いのは相手ということになりますが、もっと大きな社会問題になりますと、悪いのは必ず政治であったり、政治家であったり、学校教育が悪かったりということになります。確かにそれは全部が嘘とは言いませんが、結局は自分が悪いんだ、お前さん、自分を顧みて御覧なさいということを言う人が、非常に少ない。というよりも、それがなくなってしまった。

私は芝居をやっておりますが、芝居というのは、ほかの芸術と較べて、一番実際の人生に近い芸術です。それだけに、何でも人のせいに出来る芸術なのです。例えば、小説や評論や学術論文などの場合は、相手の読者に理解できなかった場合、やはり自分が悪いのだと思わざるを得なくなる。ところが芝居の場合には、まず演出家があり、役者があり、台本、戯曲があります。芝居がうまくできないと、戯曲が悪いということになる。シェークスピアのように定評のある戯曲の場合には、役者が、あるいは演出家が悪いから駄目なんだと、お互いに相手のせいにする。虚名にせよ、権威ある演出家の場合だと、役者は相手役が悪いのだと、相手役のせいにすることもできます。自分をさておいて、いろいろの言い抜けができるので、あるときは裏方のせいにもできるし、最後にはお客が悪いのだと、お客のせいにすることもできます。これは演劇の場合だけではなく、ほかのものでも、自分以外の何ものかのせいにすることができるものは沢山あります。

それと同時に、出来の良い、悪いという評価の問題についても、例えば一つの小説を「これは世紀の傑作だ」という人もあれば、「世紀の駄作だ」という人も出て来ます。しかし、スポーツや自然科学の世界では、こういう評価の相違は決して起りません。例えば一〇〇メートルを八秒で走った方が一〇秒で走るよりもまずいというような見解の相違は絶対にあり得ませんし、橋を作るときに手抜工事があれば、その結果は後になってはっきりと分ります。しかし今、問題になっております自由というものについては、いい加減に喋っておれば、いくらでもごまかしがきく。そこが非常に危険だと私は思います。自由という言葉が、時には自分の無能力をごまかすための、自分の責任回避に使われていやしないでしょうか。確かに社会的条件というものがあり、自分に不利な壁があっても、それを乗り超えている人もあるのですから、最終的には自分の能力ということが問題になって来るのです。

結局はそれと同じことになりますが、何々からの自由という場合、最後には「自分」からの自由ということが問題になって来る筈です。現在諸君は自分が何かしたいという欲望とか希望とかいうものを本当にもっていますか。恐らく諸君の今の年齢では、一生を賭けてこれをやりたいというものはまだないだろうと思う。しかし、ある年齢に達すれば必ずそれが出て来る。その時には、自分がいまやりたいと思っていることも、他人やその時代の風潮に影響されて、自分はこれがやりたいのだという風に思い込んでいるだけのことではないかという風に反省することが必要です。本当に自分が何を欲しているかということを自分で摑んでいるのか、言い換えれば、自分というものを本当に理解し、摑んでいるのかどうかということが一番問題です。

言葉と論理

この辺で、言葉と論理という問題に入って行こうと思います。論理というのを、明治の時代に英語から訳したところに問題があるので、実はロジックはギリシャ語のロゴスから来ているのです。ところがロゴスは言葉ですから、言葉と論理というと、日本語では全く別のことになってしまうのですが、語源に遡れば同じことなのです。考えてみれば、言葉と論理は切り離せないもので、人は論理で考える、というのは言葉で考えるということになります。言葉なくして人間は物を考えることはできないし、思うことも、感ずることもできないのです。寒いとか、暑いとか、痛いとかいうような感じも、その言葉が無かったら、なんだか訳のわからない苦痛に過ぎません。その違いを識別し、感じ分けることもできません。さらに自分の心の思いを伝える、自分の考えを追求するということになれば、言葉なしでは、どうにもなりません。言葉がなければ、考えることも感ずることもできない。言葉がすべてです。

感ずる方は一応おいて、考えるという場合に、人間は必ず自分がこういう風に言うと、相手はこう反論して来るだろうと予測して、考えたり書いたりします。それは誰かをやっつけるために論敵を予想するということではなく、自分で何か物を考える時に、それと反対のことを意識する。つまり自問自答という形をとるのです。すなわち問答形式で物を考えるので、それがディアレクティークというものです。これを弁証法と訳すのは、ヘーゲルやマルクスが出てから後の話で、元来プラトンが書いたソクラテスに関する書物の中のディアレクティークは問答です。ダイアローグ（対話）と同じ語源の言葉です。問答によって、自己発見、自己認識が可能となるのです。

先程も申しましたが、自分というものは何なのか、自分は自分を理解しているか、自分の能力は一体どれだけのものかというように考えると、凡そ物を理解する場合、一番理解しにくいのは自分なのです。だからみんな人のせいにするのです。自分の眼で見える外の物ばかり見回して、どこかに悪いところがないか、何か自分の邪魔をしている物はないかと考えて、自分が悪いのだとは思わない。しかし、よく考えてみると、俺が俺の邪魔をしているのだということがあるかも知れない。自分の能力や、自分の性格が、自分のしたいことを邪魔していることに気づく。それをやるのが自問自答です。自分を発見するということ、それが一番むずかしいのです。

このごろは「理解」という言葉が、殊に安っぽく使われていますが、オスカー・ワイルドの小説にこんな話があります。ある貴婦人が夜会を開いていたところに、若い男女が少し遅れてかけつけて来て、実は二人がよく話し合って漸く理解に達したので結婚することにしたと言った。ところがその貴婦人は、それは大変だ、理解というのは結婚にとって最大の障害だと言います。これはワイルド流の皮肉ですけれども、アイロニーとか、逆説とか言って片付けられないので、人間が人間を理解できると思い込むこと、これほど危険なことはありません。だから、お互いに理解して結婚した二人が、一年も経たぬうちに、相手は私を誤解しているということになるのです。必ず相手のせいにしてしまうので、芝居においての相手役が悪いというのと同じことなのです。そんな身上相談を持ちかけられた時、私は言ってやります。あなたが相手を見ている解釈は正しい理解であって、相手があなたを見ている見方は誤解であるとどうしてわかるのか、それはどこにも根拠がないだろうと。他人の方が自分をよく見ているのだという考え方ができないのかと言うと、みな不服なのです。しかし自分のことは自分が一番知らないのだという考えの方がいいのではないかと私は思っています。

アイロニーという言葉は、現在では皮肉と訳されていますけれども、ギリシャ語ではもともと空とぼけという意味です。ソクラテスがいつでもやった問答形式というのは、あたかもソクラテス自身は何も知らないように、相手に問いかけるのです。例えば、自由という言葉でも、自由という言葉は初めて伺いますが、そりゃ一体何ですかという風に、何も知らないことを前提にして話していく。そうすると相手も分っていたと思っていたことが分らなくなる。それがソクラテスの問答のやり方です。

だから、誰でも自分のことは自分が一番分っているという。その自分というものを分らなくしてしまう。それは本当の自分を発見するための方法です。問答法というもの、論理というものです。従ってソクラテスの言いたかった究極のところが「汝自身を知れ」ということであったのは当然です。障害にぶつかった時、人のせいにしたりしないで、外へ眼を向けると同時に、内へ眼を向けることです。自分がいましようと思っていることは、本当に自分がこれだけは失いたくない、これだけは欲しいという、そういうものなのかどうか。命に代えてもこれが欲しいと思っているのかどうかを問いかけてゆくことです。そのためには眼を内に向けて問いを発してゆく。今まで分り切ったものと世間がきめこんでいるものを、疑っていく。それが本当の意味の懐疑なのです。借り物の言葉、世にはやっている言葉ほど警戒してかからなければいけないと思います。

過去というもの

最初に自由の問題を申し上げた時に、自分を衝き動かしている大自然、背後から自分を押し出している自然ということを申しましたが、私は一人の人間の中には二種類の人間がいると思う。結局は一つのものですけれども、仮に一つを集団的自我というように名づけるとすれば、もう一つは個人的自我というように名づけてもよい。この二つを統一して引締めているのが一つの人格なのです。さっき申しました大自然というものにつながって、それを背後に感じながら動いている自分、それが個人的自我である。自分は大自然の一部分、あるいは一尖端と言ってもよい。

個人的自我の背景に大自然があるのと同じように、集団的自我の背景には、日本という過去の歴史があります。われわれは、日本の歴史というものの一部分、一尖端にあるわけです。日本の国というものを一つの樹木としますと、自分はそのうちの一枚の葉である。そういう意味で、日本の歴史というものが自分を衝き動かしているということが出来ると思う。その日本という共同体、集団の中に、町とか家族とかいう小さな集団がありますが、そういうものも、日本の歴史という大きなものの流れの一部をなしているわけです。あなた方一個人をとってみても、過去というものを失ったら、人格というものは成り立たない。記憶喪失という病気がありますが、記憶喪失者というのは人格を失うわけです。

過去とは一体何だろう。一つの国家とか民族とかいうことになると、歴史になりますけれども、一人の個人でも、過去というものを失ったら成り立たない。変な言い方になりますが、一体過去というものは過去なのか。実は過去というものは現在われわれが持っているもので、消滅したものではないのです。過ぎ去るという字を書くものだから、あれはもうなくなってしまって、記憶の中にしかないと思いがちですが、とんでもないことです。

私は自分でもよく分らない一つの経験をしました。それは中学の三年頃だったと思います。昼休みの時間に弁当を食い終って――その前に歴史の講義があったわけでも何でもないのですが――時間にして一〇秒続いたか、三〇秒続いたか、ふっとある瞬間、平安時代、鎌倉時代、江戸時代、そういう時代のすがたが過去と現在とが同時存在している感じで、その時私の眼の前にまざまざと見えたのです。あの実感というものに、私は二度と恵まれないのですが、あれは一種の幻覚だったのか、何かの放心状態から起ったことなのか。しかし、私はあの時の実感だけは忘れませんし、その実感からも、過去というものは絶対消滅しないものだと思います。

これは実にむずかしい話なので、もう少し諸君に具体的に分るように申します。例えばまだ三歳くらいの子供は、過去の観念を持っていません。昨日の自分と、今日の自分を一貫して、統一して生きようという意志もなければ、まずそういう意識そのものがない。われわれの年になると、それがはっきり分る。例えば、今日の何時に会うと約束したら、それが記憶に残っているだけではなくて、それを果さなければならないという意志を持つことになります。そういうものをもし諸君が全部失ったら、人格というものは崩壊する。それが記憶喪失でしょう。だから、人間にとって過去は過ぎ去ったことではなく、現在みな自分の中に持っているものです。例えば仏教渡来が何年、日露戦争が何年と覚えたりするのは、知識の記憶です。そうでなく、一つの実感としての記憶というものがある。それが本当の意味の記憶であって、それは決して消えないのです。

日露戦争というのは、皆さんは知識としてしか保有していないでしょう。これを経験してはいない。それから、「今度の敗戦」などという言葉を使えば、あなた方は非常に奇妙な気がするでしょう。今度の敗戦とか、戦後とか申しますが、日本が敗北し、マッカーサーが乗り込んで来たということは、私たちの年の者は現在のこととして持っているものなのですが諸君の場合そうではない。誰もが現代という言葉を実に安直に使いますが、諸君が現代と言うのと、私が現代と言うのとは大変違うのです。私の息子は今大学の教師をしていまして、それを言うと恥ずかしがって「よせ、よせ」というのですが、その子が小学校の末か、中学生くらいの頃だと思いますが、マッカーサーとペルリを混同していたことがあります。息子は昭和二三年生れですから、マッカーサーを新聞紙上でさえも見ていない。従って彼の内ではペルリと同じくらいの過去の事実、知識としてしか存在していないのは已むを得ないことだと言えましょう。

私は別に年をかさにきて言うわけではありませんが、私の息子の現代と、私の現代を同じにして貰いたくないのです。私の中には、ペルリは流石《さすが》に知識としてしかなく、経験はしていないのですが、マッカーサーは経験しているのです。若い人たちが、戦争がどうのこうのと批判したりしていますが、私はあの戦争の中を生きて来ている。その時の自分の気持ちをちゃんと経験している。単なる知識ではないのです。この頃、年とった人間は古いという人がいますが、古いということは悪いことではない。今の世の中で何となく洗脳されて、古いと言えばかたがつくと思っているのですが、古いことはいいことなのです。多くの過去を所有しているということは、昔から年の功と言ったもので、これを昭和二十年、三十年に生れた人が、私より大きい顔をされると、私は不愉快になります。そんな馬鹿な話はないのです。

皆さんを前に置いて言うのは悪いのですが、諸君の持っている過去はせいぜい二五年くらいしかない。こっちはもっと沢山持っているのですから、私の方が金持ちなのです。その、過去を沢山持っている人間は古いのだと言われると、それはおかしいのです。過去というものは、そのまま過去の経験です。経験として過去を現在所有しているということです。自分の過去というものを所有して、現在の自分がいるわけなので、現在というものを過去から切り離すことはできない。切り離すことができぬばかりでなく、現在とは過去の集積である。全過去の集積が現在であって、そういう風に生きている過去が、実は経験というものなのです。

経験としての歴史

諸君が本を読むとき、あるいは活字を読むときに二つのことがある。すなわち新聞の活字というのは、情報、知識を得るものです。しかし、文学作品とか、歴史の本などは、その内容を経験しなければいけない。というのは同じ読書でも、経験としての読書と、知識としての読書というのがあるわけです。例えば年表というのは、知識としてあるものので、これを経験するということはできない。講演や講義でも、私のような話は皆さんの知識にはならない。私は自分の経験しか話せないのですから、同じ講義や講演でも、知識としての講義、講演と、経験としての講義、講演があるのです。実際には勿論両方とも多少混り合っていて、完全に片一方だけということはあり得ないのですが、どちらかに重点を置けば、二つに分かれるということです。

つきあいの場合も同じことなので、それが経験まで深まるか、便宜の程度でとどまるか、それはおのずと年が経てば経つほど、区別もつき、識別もついてくる。名前は知っているという程度の人と、自分の生活経験の中に、生涯所有し続ける人間として存在する人とがあるのです。本当のつきあいは経験なので、実はそれが一番大事なことです。過去も同じことなので経験としての過去でないと、本当の過去は出て来ないし、過去を現在として所有することもできないのです。

そうなると、人間は、自分の生まれる前のことは経験できないかというと、そうではない。さっきも言いましたように、日露戦争を私は知識としてしか教わっていないので、経験してはいません。その日露戦争を、昭和一七年に私は経験したのです。当時文部省の外郭団体に日本語教育振興会というのがあって、占領地の日本語教育の仕事のために私は満洲、支那の各地を廻り、その途中旅順に立ち寄りました。東鶏冠山の堡塁に立って下を見おろした時に、初めて私は日露戦争というものを経験した。あの山の傾斜というのは大変なもので、身を隠す遮蔽物は全くない。そこを、乃木将軍の率いる第三軍が攻めた。大体、二〇三高地を攻めるか、東北正面の東鶏冠山、松樹山を攻めるかで議論が二つに分かれておりました。東京の大本営は二〇三高地を主攻方面にしましたが、満洲軍総司令部は東北正面を主攻方面にするというので、調節がつかず第三軍は非常に困ったのです。そういう細かい話は別にして、最初のうちは、主攻方面を東北正面にとって総攻撃をやったのですが、これがもう大変な仕事で、死にに行くようなものであった。そこに行って見て、責任者としてそこに立たされた乃木将軍という人間、およびその部下たちの苦衷というものが、私には初めてよく分かった。今になって、ああすればよかった、こうすればよかったというようなことを言うのは全く無責任な批評である。明治維新によって開国し、諸外国の圧力に抗しながら、全く遅れて出発した日本が、未知のロシアという大国にぶつかった苦悩が、一番象徴的に現われているのがあの地形だというように、私はその時思ったのです。現地に行く、あるいはすぐれた史書を読むということによって、日本の国の歴史というものを、自分の経験とすることができる。ただ遺憾ながらそういう歴史書が非常に少ないということは事実です。

自分の自慢話をするわけではないのですが、もう一つの私の経験は、私が古代に材料をとって、「有間皇子《ありまのみこ》」という戯曲を書いた時のことです。これは大化の改新の後少し経ってからのことですが、孝徳天皇の皇子、有間皇子が、蘇我赤兄にそそのかされて謀反を企て処刑されるという事件がありまして、そのことは日本書紀の中にたった数行しか書いてありません。たった数行の素材から、一つの戯曲が書きたくなって書いたのですが、その時私は現地に行きました。有間皇子の邸があった市経《いちぶ》という村、孝徳天皇の御陵、板蓋宮《いたぶきのみや》の跡、甘樫丘《あまかしのおか》、などという所を歩いているうちに、想像に過ぎませんが、有間皇子が馬で駆けている姿まで思い描かれてくるのです。そういうことをやらないと、本当は歴史というものは分らないと思います。

歴史という言葉には、過去に起った事実という意味と、その事実を書いた物を意味する場合の二つがあります。事実そのものは、経験と同じで、いくら深刻な経験であろうと消えてしまいます。しかし、史は文でもありますから、歴史の本は残っている。歴史を経験するためには、これを手がかりにする以外にはありません。特に日本の古代や中世には、信頼できる歴史書がありますから、そういうものを読むことによって歴史を経験することができます。よく世代の断絶とか何とかいうけれども、われわれとあなた方とは、一つの過去を所有することができる。一つの過去を所有することによって、同じ日本人として生きることができるのです。私は先程一人の人間の中に、個人的自我というものと、集団的自我というものの二つがあると言いました。今便宜的に二つに分けただけの話で、これはもともと一つであって、自然と歴史とが自分を動かして来ている。それを共有することによって、日本の国家というものをみんな所有することができるのです。この事は、国家の正統性、一貫性ということにも深くつながってくる問題です。

個人も、過去というものを失ったら人格喪失者になると申しました。それと同じように、国家も過去の歴史というものを否定するようになれば、その国家がなくなったということになる。だから、革命が起って全過去が否定されると、その国家は消滅して、別の国家がそこに生じたということになる。そうなれば、その構成員である個人も大変です。今まで過去の日本の歴史に背負われて来たわれわれは、どうしていいのか分らなくなる。個人も存立できなくなってしまう。そういうように国家と個人は密接につながって離すことができないものなのです。過去を保持するということ、その一貫性、連続性というものによって、個人の場合には一つの人格を持ち得る。国家もそれを保持することによって、国柄、国体というものを保ち得るのです。これを否定したらもうすべておしまいです。諸君にしてみれば生まれる前の戦争ですが、あの戦争を境にして、この一貫性、連続性はかなり危なくなった。全く失われてはいないでしょうが、稀薄になってしまった。そこに生きて行くということは並大抵の努力ではありません。われわれの場合は、まだ過去を保持していますし、経験として過去を背負っている。あるいは過去に背負われているからいいのですが、諸君の場合は何とか努力して、過去を経験しなければ駄目だと思います。

最後に補足的につけ加えておきます。さっきから、歴史や言葉の問題を話してまいりましたが、皆さん誰しも間違えていることがあります。それは、歴史を学ぶ、言葉を学ぶ、自然を学ぶという風に思っている。そういう考え方は間違っているので、われわれは歴史に学ぶのです。歴史がわれわれを教える。われわれは歴史から教わるのです。自然から教わるのです。言葉から教わるのです。それは、さっきの知識と経験ということとも関連してくるのですが、歴史を学ぶという場合には、知識として学ぶということになります。それは逆で、歴史が私たちに教えてくれるのです。歴史から学ぶのであって、歴史を学ぶのではありません。こうして歴史から学ぶ、言葉からも学ぶという態度が大切だと思います。

〈学生との対話〉

想像力によって歴史とつながる

学生A　福田先生が旅順に行かれた時、日露戦争を経験したというふうに言われましたが、それは実際にその情景が見えたということでしょうか。

福田　情景が見えたということは確かなのですが、それだけではありません。乃木将軍あるいは第三軍の将兵の苦痛だけではなく、日本が当時置かれていた苦しい立場、当時の日本の国運というものが見えたということです。これはやはりイマジネーション、想像力によるものであって、想像力というのは空想ではない。歴史も想像力によって創造されるので、これは言葉の洒落ではありません。想像力がなければ、いくら歴史書を読んでも駄目です。また、想像力を刺戟してくれる史書でなかったら駄目なのです。本当の想像力はクリエーティブな、物を創り出す力です。そういう力によって歴史とつながることができるのです。

過去との連続性

学生B　福田先生がさきほど、国家が過去を失った場合の、連続性とか正統性とかいうことにふれられましたが、もう少し具体的にお聞きしたいのですが。

福田　例えば、今でもギリシャという国がありますが、それは古代ギリシャと同じとみなすことはできないでしょう。一貫性、連続性がないのです。民族や何かはずっとつながっているでしょうが、同じ一つの共同体として、今のギリシャが古代ギリシャの都市国家の生き方を、そのまま自分の過去として生きているわけではないのです。一貫性、連続性を失うと国家が違う国家になってしまう。あるいは国家でなくなってしまう場合もあります。一番簡単な例で言うと、個人も過去の全部を切ってしまってごらんなさい。その人間は、その人間でなくなってしまうのです。その人間の個人としての一貫性、連続性というものは、今までの過去を引きずっているということです。国家も同じことで、細かいことの変化というのは当然あるでしょうが、国家の本当の中核をなすような共同体としての生き方、それを変えてしまうというようなことが起ったならば、国家は別の国家になります。過去の自分に責任を持たなくなってしまったら、国家も個人も駄目になってしまうということで、これは非常に簡単なことのように思うのです。

民主主義とは目的ではなく手段

学生C　自由主義陣営の中で、日本にとって民主主義とはどのようなものでしょうか。

福田　民主主義というのは、今、目的のようになっていますが、あれは手段でしょう。政治をする一つの手段です。しかし現在の日本の民主主義はちょっと特異なもので、「戦後日本の民主主義」と限定しなければいけないものではないか。多少似ているとすればアメリカでしょうが、やはりアメリカとも違う。ましてヨーロッパの民主主義とは違う。『私の英国史』（中央公論社）の中でも書きましたが、イギリスのポール・ジョンソンという歴史家が言っているのは、イギリス国民が一三世紀末のエドワード一世以来、今日に至るまで望んで来たのは、自分たちを守ってくれる最も強力な王様、近代国家になってからは最も強力な中央政府であるというのです。強力な政府は決して民主主義と矛盾するものではないのです。イギリス流の民主主義は、第一に自分たちを守ってくれる強力な政府、王様は誰か、それを国民が選ぶこと。第二にそれを守ってくれない弱い王様には抗議するというのが、民主主義の機能というものです。言い換えれば、民主主義は「待った」をかけるチェック機能である。積極的な意味では、自分たちを守ってくれる人間を選ぶということ、それが主権在民なのです。リーダーシップを持っているのは誰か。それを選ぶ権利を持っているというのが主権在民の真意なのですが、第二の消極的な意味でのチェック機構の方ばかり発達してしまったのが、戦後の日本の民主主義で、国防白書一つ出すにも、野党の顔色を伺い、新聞論調を気にするようなリーダーシップのなさでは、真の民主主義国家とは言えません、いや、国家とは言えません。だから、今の日本の民主主義というのは、誤解から生じているのです。

孤独から出発する

学生D　私は最近言葉というものについての不信感を持っておりますが、先生はそういうことをお感じになったことはございませんか。

福田　いわゆる名文を書くというのではなく、自由に自分の思いを託せる文章を書くとき、あるいは言葉で相手に話したりするときにも、言葉というものの限界はあります。「汝自身を知れ」というと簡単なようだが、実は自分を理解することさえ永久にできない。まして他人を理解することは絶対にできない。言葉によって伝達できるということには限界がある。というよりも、絶対言葉によっては伝わらないというものがあります。それは言葉を信用しないという意味ではなくて、人間というのは常に孤独であるということ、それを覚悟しなければならないということです。文章であろうと、言葉であろうと、あるいは言葉を使わない行動だけの場合であろうと、他人が自分を完全に理解してくれるということは、究極的にはできない。さっき、オスカー・ワイルドの言葉を引いて言いましたが、人間の相互理解というのは不可能なことである。いい加減なところで自己欺瞞をしているのが常である。それを破るために、汝自身を知れということを申し上げたのですが、それが分かるかというと結局は分らない。永遠に分からない。だから、もっと謙虚に、人間にとっては不可知のものがあると考えた方がよい。それは不可知論ということではない。何かわれわれのうかがい知れないものがある。さっき、個人的自我と言いましたが、われわれは、自分を押し出している背後の自然の目的というものを理解することはできないのです。それを、生意気にも、そういうものが分かると思ったら大間違いです。その何ものかの存在というのは、神と言おうと、天と言おうと、どういう言葉を使ってもいいけれども、そういうものは人間には分からないし、何のために自分を生ぜしめて動かしているのかということも分からない。だから、何でも分かると思うのが間違いです。長い間つきあっているたった一人の人間、たとえば女房の気持でさえ、私などにはまだ分かりはしないのです。けれども分からないながら、いや、わからないものを相手が持っているからこそ、信ずるに値すると思って附合っているわけです。分からないから誤解というものが生ずる。誤解というのも一つの理解の方法だ。理解の一つの型です。だから、自分が自分を誤解することもあるし、人を誤解することもある。そういうものの積み重ねで人間社会ができ上っているという風に覚悟した方がいいと思うのです。一番いけないのは、自分の小さな理解力で理解できるように、相手なり、神なりを、その枠内に閉じこめてしまうことです。考えてもごらんなさい。簡単に分かってしまい、説明し、分析してしまえるものは、まずつまらないものに決まっているではありませんか。

（昭和五五年八月一〇日／於・雲仙国立公園）

一度は考へておくべきこと――解説に代へて

福田　逸

この講演集を一読して、恆存の息子としては苦笑を禁じ得ずにゐる。そして、解説を引き受けたことを甚だ後悔した。苦笑と後悔とはなにゆゑかといふと、私には何も書くことが残されてゐない――書けること、書きたいことはすべて四つの講演の中で語りつくされてゐるからだ。堅苦しい解説を書くつもりもないが、思ひ出を交へたエッセイを書くとしても、手足を縛られたやうな気分になつてゐる。これが四つの講演録を読み終へての私の正直な感想といふところだ。

文学論にせよ演劇論にせよ人間論にせよ、或いは時事問題にしても、いつの頃からか、私は意識的に父の掌《たなごころ》の上で踊つてきた。講演の中に出て来る言葉を借りれば、父との会話や生活こそが私を育てた「文化」であり、その結果、身に付けた「教養」であり、その上にそれらを武器にした私の「生き方」が築かれて来たのであつて、そこから外れるつもりは、反抗期の高校生の頃ですら、私には毛頭なかつた。外れることができたとしたなら、それこそ大問題で、私の来し方全てが欺瞞であり偽物だといふことになりかねない。恆存はこの講演集でもさう繰り返し語つてゐるのではないか。恆存の話が「過去」や「歴史」に繰り返し及ぶのは、さういふ欺瞞や虚偽に陥るなと言はんがためではないか。

私には私の生まれ育つた家庭といふものがあり、そこに「附合ひ」があり、「他者」としての家族の目を通して自分を見るといつた無意識の営為があり、その結果として一つの過去や歴史を背負つた人格が形成されていく。家庭と個人との関係においてであれ、社会と個人との関係においてであれ、全体感覚と部分としての存在といふ絶対に不可分の領域で何らかの「カルチュア」を、人間は誰でも背負つて生きる。その「カルチュア」つまり培養・耕作の結果としての「教養」を育んだ家庭や社会の「過去」や「歴史」を否定することは無意味どころか傲慢だといふことにならう。その「過去」に寄り添ひ、その「歴史」に学べと恆存は繰り返し言ふ。

最後の講演で、恆存はかういふ言ひ方をしてゐる。「われわれとあなた方とは、一つの過去を所有することによって、同じ日本人として生きることができる。一つの過去を所有することができるのです。……（中略）……自然と歴史とが自分を動かして来ている。それを共有することによって、日本の国家というものをみんな所有することができるのです。……（中略）……個人も、過去というものを失ったら人格喪失者になる……。」（一七四頁）

この「過去」との一体感、「歴史」との交感とでも呼ぶべきものを、戦後生まれの、現代の日本人は、今の若者たちはどう考へるのだらうか。「過去」や「歴史」を自分の外側に置いて自分とは無関係な客体と捉へてしまふのか。自分の生きた過去はすべて自分の中に現存し、親の中に存在した「過去」もまた親と「附合ふ」ことで自分の中に取り込まれて来る、いやいや、親と「附合ふ」ことによつてこそ、自分が存立し得るといふことに、ふと気づくことはないのだらうか。「歴史」は学ぶ対象ではないと恆存は言ふ。身近で言へば敗戦といふ歴史が、バブル経済といふ歴史が、失はれた二十年といはれた過去が、大震災といふ過去の経験が、現在の私達を——様々の事象に苦しめられたか励まされたか、いづれにせよ——それらが現在の私達を育み、また我々の中に様々な遠近と陰影で現在もなほ存在してゐるはずだ。バブルを知らぬ今の学生でも、例へばこの私と「附合ふ」ことで、その時代を手繰り寄せ、我が物にすることは出来るはずだ。今、学生である若者たちは、東日本大震災を知らずに育つ子供たちに、二十年三十年の後に、自分のうちにある、あの瞬間の、あるいはその後数週間の恐怖・緊張・不安といふ経験をそれぞれの形で手渡して行くのではないか。それこそが同じ国家に生れ落ちたといふことであり、一つの共同体を構成するといふことではないのか。

しかし、戦後の「個性尊重」の教育は共同体への従属を非として、「個人」であり「個性」を持つことを是とした、強要すらしてきた。しかも、「平等」を金科玉条とした。その結果生じたのは目を覆ふばかりの没個性であり、個人でゐることの孤独に耐へられぬ脆弱ではなかつたか。しかも孤独に耐へられぬにしては、恐るべきといふ形容が相応しいほどの他者との交はりからの逃避と拒絶、そして余りにもわびしく自己中心的な、それもちつぽけな「権利」の主張がはびこる。この姿こそ、自分たちが生まれ育つた国の「過去」と「歴史」に背を向け、無視し、それらを悪意で捻ぢ曲げすらしてきた戦後教育の齎《もたら》した宿痾ではないか、これが恆存没後二十年の慘憺たる現状であらう。

＊＊＊

昭和四十一年の講演『「近代化」とは何か』において恆存はかういふ言ひ方をしてゐる。「一体この世の中に、個人の存在に先だって存在するものは何かと考えますとそれは三つあります。歴史と自然と言葉であります。」（七六頁）この「歴史」と「自然」と「言葉」といふのは、いはば福田恆存のキーワードと言つてもよい。この講演集においてもこれらの言葉は繰り返し使はれる。それに「附合ふ」といふ言葉を加へてもよい。本書においてもこの言葉が度々登場することは偶然ではない、まさに恆存ならではと言つてよい。この昭和四十一年の講演から丁度五年前に恆存は雑誌『紳士読本』に「附合ふといふ事」や「自然の教育」などといふエッセイを幾つか書いてゐる。長くなるが「自然の教育」から終りの部分を引用する。

自然は私達に忍耐を教へ、勇気を教へ、深切を教へる。思ひやりや愛情を教へる。また時には冷酷になれと教へ、厳しくなれと教へる。草木や山や河や、雪や嵐や、その他、自然現象のすべてが季節の転変を通じて、私達に絶えず道徳教育を施してゐるのだ。が、文明は一途に自然科学的な対自然の態度によりかかり、自然の脅威から守るといふ名目で私達を自然から遠ざける事に熱中してゐる。おかげで私達は自然と無縁に暮せるといふ錯覚を懐き、自然は人間が手を加へてやらねば、人間に何物をも与へてくれぬものであり、人間が教へてやるだけで人間には教へてくれぬものであると思ひこみ始めたやうである。私達は自然との附合ひ方を自然から教はる事を忘れ、したがつて、自然との附合ひ方を知らずにゐる人が段々多くなつてゐる。

右の一節の「自然」といふ言葉を「他人」といふ言葉に置換へてみるがよい。現代の対人関係がそのまま窺へるであらう。（中略）

歴史もまた自然と同様、こちらから附合はうとしない限り、向うの方でこちらの都合を考へてはくれぬものである。そしてまた歴史も自然と同様、こちらでそれを無視しようと思へば無視できるもの、つまり幾ら無視しても決して文句を言はぬものである。もつとも、自然は文句こそ言はぬが、復讐する。ただ自然科学は、あるいはそれに慣らされた人間共は、やがてその文句も言はさぬやうにしてやれるくらゐに考へてゐる。が、さうはゆかぬ。歴史もさうはゆかぬ。過去の人間は、いかに不当に扱はれようと黙つてゐるが、やはり復讐するであらう。死者は知らず識らずのうちに、生ける私達の人間関係を駄目にしてゆくであらう。自然と歴史、それに私は言葉を附加へよう。この三者の復讐は恐ろしい。が、今日の学校教育、社会教育では、この三者が最もおろそかに扱はれてゐる。（文春学藝ライブラリー『保守とは何か』所収）

私は右二つのエッセイに加へ、同じ『紳士読本』に掲載された「消費ブームを論ず」など、この時期の一連のエッセイが好きだ。人間が着実に地に足を附けて生きることの意味を恆存にしては肩ひぢ張らずに説いてゐる。普段、息子の私と附合つてゐた、いはば着流しの普段着のままの父の姿が色濃く出てゐる気がするのである。あへて言へば素直な書き方をしてゐるエッセイがこの時期に幾つか書かれてゐる。

「自然」、「歴史」、「言葉」、それらと如何に「附合ふ」か。さらに「他人」と如何に附合ふかといふ、右の引用に書かれてゐることは、冒頭に述べたことに戻るが、これらも無意識のうちに私の思考に刷りこまれてゐると思はれてならない。決して私がその附合ひに長けてゐると言ふのではない。これも父の掌の一つと言つてもよい。私は近頃、ことあるごとに周囲の人間に或いは学生に、他者（他人）の目で自分を見ろ、外側から自分を見る目を持てと説いて聞かせる——それができて初めて大人なのだと。絶対に客体化なし得ない自己を、客体化不能であるがゆゑにこそ、能ふる限り客体視したいと思ふ。それが出来てこそ、自己と他者との距離が見えて来るであらうし、自我に捉はれ自己中心的にならざるを得ない近代以降の日本人にも処世のすべがあらうといふものではないか。

他者と附合ふことが己を磨く。我々を育てる。そして、いま生きてゐる他者よりは過去と附合へ、古典といふ歴史が育み残した文学を読めと学生達にも説き聞かせる——そんなことも既に恆存がどこかで書いてゐたと思ふ——漱石でも鷗外でも露伴でも鏡花でも二葉亭でもよい、彼らの残した作品を読むことは、そこに登場する人物達と附合ふことであり、何よりも登場人物を通して作者自身と直接に附合ふことである。さらには、その作者達が生きた時代、すなはち過去や歴史と附合ふことなのだ。学生たちに、さう話して聞かせても彼らには恐らくピンとこないかもしれない。それは小説の読み方を知らないとか、古い作品に興味を持てないとか、言葉が難しいといつた問題ではない。恐らく、彼らの多くは「附合ふ」といふ技術に長けてゐないのだ。恐らく、彼らは目の前の人間と附合ふことにすら慣れてゐない。その原因をスマートフォンや、メールやラインやゲームに求めるべきか否か即断は避けたい。私には、むしろ戦後教育そのもののうちに本質的な原因が潜んでゐると思はれてならないのである。

落ち着いて目の前の出来事を受け止める、目の前の人間に附合ふ――その種のことを蔑《ないがし》ろにしたのが、個人主義やら個性やら権利やらを善しとし、過去と歴史を疎かにした愚かな戦後教育の「成果」以外の何物でもあるまい。やがては、いや、既に我々は「歴史」と「自然」と「言葉」の復讐を受けてゐるのではないか。昨今の異常といふよりも異様な世相を生み出したのは、恆存が言ふ歴史や自然や言葉を軽んじ、それらの前に素朴に謙虚に教へを乞ふ姿勢を失つたがゆゑではあるまいか。我々は既に歴史を忘れ、自然を破壊し、言葉を軽んじて七十年になる。既にこの国は日本ではなくなつてゐるのかもしれない。

＊　＊　＊

前に挙げた「過去というものを失ったら人格喪失者になる」といふ言葉の先をもう一度みてみよう。「それと同じように、国家も過去の歴史というものを否定するようになれば、その国家がなくなったということになる。だから、革命が起って全過去が否定されると、その国家は消滅して、別の国家がそこに生じたということになる。そうなれば、その構成員である個人も大変です。今まで過去の日本の歴史に背負われて来たわれわれは、どうしていいのか分らなくなる。個人も存立できなくなってしまう。そういうように国家と個人は密接につながって離すことができないものなのです。」（一七四―一七五頁、傍点筆者）

いかがだらう、昭和五十五年に行はれたこの講演の言葉が今の私たちの姿を予言してゐはしないか。やはり、ＧＨＱによる占領政策とそれに乗じた「進歩派」の「文化人」とマスコミの行つたことは、明らかに革命であり、日教組教育が齎したものはまさに日本の消滅であり、背負つてくれるはずの歴史を失つた我々は「どうしていいのか分らなく」なつた「人格喪失者」になり果ててゐるのではないか。日本自体がいはば「国格」喪失に陥つてゐる、つまり国柄を既に失つた。そこまで厳しく言はぬとしても、国柄を見失つてさまよひ漂流してゐる。そして、ここまで行くと実は戦後の問題だけではなくなる。恐らくは幕末維新以来の西洋の受容の問題まで考へねばならぬ問題にならう。ここでは深入りしないが、林房雄が言ふ「大東亜百年戦争」について我々はもう一度考察する必要がある。

これを恆存は昭和四十一年の講演で日本の「近代化」は「西洋化」なのだといふ形で詳述したのだ。「『伝統の喪失』ということは、近代化によって世界の先進国の仲間入りをした代償として不可避な事柄だった」（一〇二頁）と述べ、「その克服の道」があるとすれば自分が話したような「問題を全部自覚するということ」「現在自分たちがどこに立っているのかということを徹底的に考える。過去を顧みて現在の位置を確かめる」ことが何よりも重要と語つてゐる。つまり、今自分が立つてゐる位置から過去を眺めるのではなく、過去を基準に現在の自分の位置を確かめる、さういふパースペクティヴを持てと言ふのである。さういふ考へ方が七七頁の「私達は日本の歴史の子供なのであります。その子供の立場から過去の歴史を裁いていこうというものの考え方が既にまちがっている。歴史をして私達に仕えしめてはならない。私達が歴史に仕えなければならないのです。」といふ言葉になり、「今の歴史学者はすべて歴史を私達に、すなわち現代に都合のいいように仕えさせる」といふ批判となり、八〇頁ではさらに踏み込んで、「歴史というものは、その当時の人たちの中に入って見なければ分らない。要するにわれわれは自分を歴史の方につき合わせなければならない」といふ言葉になる。

これは、昭和三十七年に行われた第一の講演、「悪に耐える思想」のリフレインでもある。五一頁にかういふ言葉がある。「私は現在の必要があって過去を振りかえるのではなく、過去とまじめにつき合うことによってそこから現在の要求が出て来る、それがほんとうの意味の現在の要求だと思うのです。……（中略）……それと同じように歴史を虚心に見てゆく、善悪をぬきにして、私たちの祖先がどういうことを考えたかを見てゆく、すなわち過去の人と一緒に生きてみることが大切なのです。その中から本当の現在の要求が出てくるわけです。だが戦前戦後を通してこういう歴史とのつき合いは行われていないのです。」このやうに、恆存はいつも同じ視点に立ちかへる。この講演集を読み、私は改めてその堅固な思考に驚いてゐるのだが、右数か所の引用をあへてしたには、実はわけがある。

半年ほど前、雑誌『表現者』五十六号の座談会「大東亜戦争とは何だったのか」で私はかういふ発言をした。「……特攻というものを美化する必要もないし、貶める必要もない。ただ人が死んでいったという事実、あるいはかく死んだという死に方ですが、特攻までしなければならなかったという現実を冷静に受け止めることは必要です。何かを受容するということは、先ず虚心坦懐にそのものの姿を見なければいけない。喜んで志願してまで特攻した、或いはいやいやでも志願して特攻した人たちの心根にもっとこちらから近づいてみようという努力は必要だろう。」

この発言の時に私は父のものの考へ方など意識すらしてゐなかつた。しかし、基準や物指しを現代におかないで過去のうちにそれを求めるといふ考へ方において、また、こちらから過去に近づけといふ考へ方において、恐らく、私は父の思考を辿つてゐるのであり、父の生き方を繰り返してゐるのだらう。「歴史を虚心に見てゆく」といふ父の言葉と、「虚心坦懐にそのものの姿を見なければいけない」といふ私の言葉の一致は偶然ではありえない。自分は「意識的に父の掌の上で踊つてきた」と書いたが、やはり「無意識のうちに父の掌の上で踊らされてきた」と書いた方が素直なのかもしれない。それゆゑに、私は苦笑を禁じ得ないわけである。この際、述而不作、信而好古（述ベテ作ラズ、信ジテ古《いにしへ》ヲ好ム＝『論語』述而篇）――先人の優れた見識を述べるに止め、自ら奇矯な言説を生み出さぬ、その方が私には似合つてゐるのだと居直つておく。

＊　＊　＊

昭和五十五年の講演「人間の生き方、ものの考え方」の中で恆存は「『自分』からの自由」といふ、鬼面人を驚かすやうな議論を聴衆に吹掛ける。が、自分からは自由になれないといふ真実ほど素朴な現実はなく、恐らくは余りに素朴なるがゆゑに我々はこの真実をつい疎かにし、見逃してゐるだけのことではないのか。が、真実をつい疎かにし見逃すほど危険なことはない。恆存が四度に及ぶ講演で語るテーマは別個のことであるとしても、繰り返し立ち戻る定点が一つある。

何事にせよ、一度は突きつめて考へておくといふことだ、どの講演でもさういふものが繰り返される。通奏低音といふべきかリフレインといふべきか、各々の講演や質疑応答から拾つてみよう。

（言葉というものは使い手によってどういう意味にでもなり得、全く逆の意味に一つの言葉が使われることもあり得、そのどちらをも認めざるを得なくなる）「そうすると何か非常にニヒリスティックになり、絶望的になって、一体何が真実だかわからない所に一応行きつくわけです。しかしそれが如何に絶望的であろうとも、私はどうしてもそこに行きついたうえでものを考えなければいけないと思うのです。」（「悪に耐える思想」二七頁）

「……人間と人間との間に本当の意味の伝達があり得るかということになります。『愛』という言葉がございますが、私達は人間の心と心がそのように完全に一致することがありうるか。あり得ないのではないかという一つの絶望感――伝達不能、愛の不可能という一つの絶望から出発しなければならぬと思います。」（『近代化』とは何か」七五頁）

「……『伝統の喪失』ということは、近代化によって世界の先進国の仲間入りをした代償として不可避な事柄だった……（中略）……近代化というものに徒らに夢を抱かないで現実を十分に直視する……（中略）……混乱なら混乱の現状を自覚することにしか、その克服の道はありません。克服などという安易な道はありえないと悟らざるをえないほどの絶望的な混乱を痛感することから出直さねばなりません。」（同前、一〇二―一〇三頁）

「……人命尊重についても、一度は『なぜ人命は尊いのか』と極端に考えたほうがいいと思います。人命尊重というのはなぜいいのか、なぜ人を殺してはいけないのかと一応考えたほうがいいと思うのです。」(「現代の病根」一二七頁)

「……一体自分というものの自由はあるのか。どう考えても自由というものはないと考えた方がいいと、私は思います。……(中略)……皆が口々に自由、自由と言っていますが、人間は本当に自由を欲しているのかということです。」(「人間の生き方・ものの考え方」一五六—一五七頁)

このやうに全ての講演において必ず、徹底して突きつめて考へることを聴衆に求める。そこまで考へないと先に進むことは出来ず、そこまで考へなければ、あなた方は物事を曖昧に捉へ、曖昧な思考に従つて曖昧な結論に辿り着くしかないぞ、さう注意を喚起してゐる。私はこれを思索の誠実と名付けたい。もはや繰り返すまでもなからうが、言葉を曖昧に遣り取りするといふことは、言葉に内包される事実が曖昧に伝達されるといふことになる。そこには真の伝達はない、意思の疎通はあり得ない。したがつて、人と人は交じり合ふことは不可能だといふ事になる。さういふ悟りから始めよ、恆存はさう言ひ続けてゐるわけだ。

そのことが文字通り徹底的に語られる、いはば極め付けが二番目の講演に出て来る《絶望について》といふ項目である。「絶望というものがあらゆるものの出発点だ」とするところから始めて、「言葉による伝達は不可能」といふところまで行きついて「始めて言葉に心をこめるような真剣な努力が出て来る」、自分が「絶望と言う時にはこれで終りだというのではなく、これから何かやり甲斐のある仕事をはじめるという出発点を意味している」と締めくくる。

日頃の父の言葉で印象に残つてゐるものに「おれはペシミスティックなオプティミストだ」といふ言ひ廻しがある。一再ならず耳にした記憶があるが、《絶望について》の一節こそ福田恆存の面目躍如といふところだらう。

恆存はいつでも戦つてゐた、押しても押しても手応へなく後退する、それどころか押した手応へそのものの無い、まるで泥沼のやうな世界で孤軍奮闘してゐた。チャタレイ裁判しかり、国語問題しかり、「平和論」論争しかり、演劇運動もまたしかり……。絶望を出発点とするといふのは、その手応への無いことを戦ふ前から疾うに承知してゐても、なほ、戦ひを挑む空虚を見つめ尽してゐるからこその言葉なのである。自分が敵として向かふところに敵はなく、突き詰めてみれば、敵は結局、歴史の必然といふ抗ひがたいものであるといふ自覚から恆存は評論を、人生の歩みを始めたのではないか。絶望から始めた、そして行きつく先は絶望と観じてゐた。だから、決して絶望はしなかった。だからこそ戦へた、私はさう確信してゐる。

同時に、例へば戯曲『解つてたまるか！』の主題のやうに、自分が敵だと思つてゐたものなど実は敵たり得なかつた、敵などはどこにもゐなかつたと悟らされた主人公（終景では疑ひもなく恆存の分身である）が、最後に見るのは、人つ子一人ゐない地球に爽やかに朝陽が当たる美しい静寂であり、そこに観客が見るのは、人つ子一人ゐないからこそ、却つてすがすがしい大自然への喜びに満ちた希望なのだ。これを不可解な逆説的韜晦とみるか、一種の壮大な信仰とみるか。それぞれの読者が福田恆存をどう捉へるか、逆説好きのペシミストと捉へるのか、強靱なオプティミストと捉へるのか、試金石となる戯曲でもある。

最初に本書を読んで私は「苦笑を禁じ得ずにゐる」と書いたが、もう一つ感想を加へておきたい。懐かしい、ひたすら懐かしい。一種の郷愁と言つてもよい。昭和三十年代から五十年代の匂ひ、空気が私の身体を包む。父との会話を思ひ出す。聴衆に語りかける父の肉声まで聴こへてくる、ただただ、ひたすらに懐かしい。

最初の講演が行われた昭和三十七年、私は十四歳の中学生だつた。最後の講演が昭和五十五年であるから私が三十二歳、芝居に夢中になつてゐた頃だが、この二十年近くの歳月は、私がいつも父と様々な議論をしてゐた時期に重なる。しかも、これらの講演で恆存が語つてゐる様々の事柄の中に、私と議論してゐない話題は一つもない。父はいつもこの種の議論を私に吹つ掛けてきた。いや、議論を吹つ掛けると言つては私が自分を買被りすぎか。少なくとも中学や高校の頃の私がまともに太刀打ち出来たはずがない。とはいふものの、この種のことで私が理解できなかつたことは一つもなかつたと豪語しておかう。父が子供の私にも分かるやうにさらに嚙み砕いて語り掛けてくれたのでもあらうが。

これらの講演をどれ一つ聴いてゐないにも拘らず、今回初めて読みながらいはゆる既視感にしばしば捉はれた。健忘症の私に正確な記憶はないが、揣摩臆測を逞しくするなら、父は私を相手に講演の予行演習をしてゐたのではあるまいか。少なくとも昭和四十一年、第二回の講演の頃にはその可能性は十分にある。あるいは講演旅行から戻つて私を捕まへては、自分でも反芻しつつ自分の思考を私に伝へ学ばせようとしたのだらうか。これは何も本書の講演に限つたことではなく、国語問題などはまだ小学生の私に正仮名遣ひの合理性を説いて聞かせてゐたし、例へば昭和四十年に「當用憲法論」を書いて戦後初めて、その第九条や前文の欺瞞を突いた時にも、やはり私に教へてやらうといふつもりで現行憲法のいかがはしさを説き聞かせ、先の戯曲『解つてたまるか！』を書いてゐる時に至つては、一場を書き上げては茶の間にゐた母と私のところに原稿を持つてきて「おい、面白いぞ、読んでみろ。ここの登場人物達（いはゆる「進歩的文化人」）の言つてゐること、やつてゐること、創作ぢやあないぞ、殆ど事実そのままなんだ」などと、嬉しさうににこにこしながら次の幕を書きに書斎に引き上げて行く。あれも母や私を最初の観客として自作の出来を確かめてゐたのか、或いは言葉通り我々をいち早く面白がらせたかつたのか。恐らく後者だらうが、あへてここでは死人に口なし、前者の可能性も間違ひなくあると言つておかう。少なくとも、母はすべての原稿の最初の読者であり、校正のすべてを引き受けて殆どプロ並みの校正をしてゐた。その母を最初の読者として試金石にしてゐたことは間違ひあるまい。

最後に本書の講演の中で私が最も気に入つてゐる一節を引いておく。「真の自由というのは成否にかかわらず、やりたいことをやる充実した生き甲斐のことだと私は思います。」(「人間の生き方、ものの考え方」一五六頁)――この言葉ほど悲観的楽観主義者、福田恆存の生涯に相応しいものはあるまい。

本書の刊行にあたり、古い講演録を提供して下さつた山内健生氏をはじめとする「国民文化研究会」の諸兄には感謝の言葉もない。研究会の手元には録音テープも残つてゐるとのことだが、肉声を聴くのもその場の空気が伝はつてよいかもしれぬが、私はこのやうな一冊の図書になる方がよいと考へてゐる。心から御礼申し上げる。

また、本書の刊行を積極的に勧めて下さり、私をまんまと乗せてささやかな恆存論を書く機会を与へてくれた文藝春秋の飯窪成幸、西泰志の両氏にも深甚なる感謝を捧げる。

平成二十六年十一月二十日

福田恆存（ふくだ・つねあり）

大正元（1912）年、東京本郷に生れる。東京大学英文科卒業。中学教師、雑誌編集者、大学講師などを経て、文筆活動に入る。評論、劇作、翻訳の他、チャタレイ裁判では特別弁護人を務め、自ら劇団「雲」（後に「昴」）を主宰し、国語の新かな、略字化には生涯を通じて抗した。昭和31（1956）年、『ハムレット』の翻訳演出で芸術選奨文部大臣賞を受ける。主著に『作家の態度』『近代の宿命』『小説の運命』『藝術とは何か』『ロレンスの結婚観――チャタレイ裁判最終辯論』『人間・この劇的なるもの』『私の幸福論』『私の恋愛教室』『私の國語教室』『日本を思ふ』『問ひ質したき事ども』『保守とは何か』『国家とは何か』など多数。平成6（1994）年、没。

人間《にんげん》の生《い》き方《かた》、ものの考《かんが》え方《かた》――学生《がくせい》たちへの特別講義《とくべつこうぎ》

2015年2月10日　第1刷発行
2015年3月10日　第2刷発行

著　者　福《ふく》田《だ》恆《つね》存《あり》
編　者　福田逸・国民文化研究会
発行者　飯窪成幸
発行所　株式会社　文藝春秋
〒102-8008　東京都千代田区紀尾井町3-23
電話　03-3265-1211（代）

印刷所　精興社

製本所　加藤製本

ISBN 978-4-16-394209-4　Printed in Japan